犯罪心理拼图

刘　栋　著

中国工人出版社

人物简介

陈　冬　二十五岁，为人耿直，警员。之前在追捕凶手时中枪，脑部受损，患有间歇性失忆。因工作问题和精神状况，和女朋友分手。

崔雨昕　二十三岁，连环杀人案中唯一侥幸逃脱的生还者。从小打拼，性格勇敢、坚定。为感恩，照顾陈冬而互生情愫，与陈冬一起面对他的间歇性失忆。

王燕燕　二十二岁，陈冬前女友，美丽可人，曾深爱陈冬，后因种种原因，决定与陈冬分手。

刘队长　三十岁左右，陈冬的上司，主理连环杀人案。为人雷厉风行，不苟言笑。对陈冬表面上很严厉，但实际上非常怜惜。

陶　泽　刚从警校毕业的警员，陈冬的助手。

蒋丽欣　外地选拔来的新手女警员，协助陈冬查案。

严道森　脑神经科专家，陈冬的主治医生。

厉建峰　二十二岁，连环杀手，自小性格扭曲，反社会型人格。

孙静言　女大学生，第五号受害者。

孙仲良　第五号受害者孙静言的哥哥。

兰　清　阔太太，第四号受害者。

苏树凯　兰清的丈夫。

胡先生　第三号受害者的父亲。

胡太太　第三号受害者的母亲。

洪大海　陈冬的同学，和陈冬一起通过警察考试，成为警员。

向　南　陈冬受伤后，从其他地方调来接替陈冬的警员。

目录

楔　子

阴沉的天幕下，一座废弃的水塔直插天际。塔身斑驳，入口处有人涂鸦：无知者无畏。

水塔中隐隐传出女人的尖叫，惊得水塔顶上的乌鸦扑簌着翅膀飞走。

水塔内的尖叫声断断续续，间杂着男人嘶哑的笑声。

墙壁上生满青苔，地上到处都是空矿泉水瓶，头顶的蜘蛛网布满灰尘，上面零星的虫子空壳随风摆动，摇摇晃晃。

女人的尖叫声来自水塔内的一角，粗大的铁链从上方降下，拴着一个女子的双手，她的双脚也被铁链锁住，整个人被扯成了大字形。这女人约莫三十岁，体态丰腴，身上还戴着金银首饰，穿的旗袍虽然脏了些，但看得出料子很好，从这些情况来看，这女人像是个阔太太。

而在她旁边，还以同样的姿势吊着另一个女人，那女人较为年轻，穿着白色T恤和短裙，她垂着头，长长的头发遮住了脸，不知死活。

而在她们俩的对面，站着一个男人。

男人赤着上身，暴露出身上发达的肌肉，他手上拿着一台单反相机，正饶有兴致地对阔太太拍照。

“这个角度不错呀，下巴再扬起来一些，这样能反映出你叫喊时声嘶力竭的状态。”

女人停下来，怒视着他，随后咬牙切齿地说：“疯子……你会不得好死的。”

男人歪着头，似乎饶有兴味地凑上来，用小手指勾住女人的下巴，将相机在女人的脸上蹭了蹭：“乖，你说什么？”

女人别过了脸不去看他，男人放下相机，不紧不慢地从裤子口袋里掏出一把弹簧刀，只听一声轻响，刀刃弹出，女人浑身一震，冰凉的刀刃已经贴在了她的脸上。

“你……你……”女人还想说什么，但已经说不出一句完整的话。

男人把嘴贴在她的脸上，轻轻地说：“太太，我本来想让你多活一会儿来着，你可别怪我。”

女人似乎明白了什么，立刻慌乱地开始求饶，男人摊开手，摆了个无可奈何的架势，女人随后开始尖叫，水塔内的尖叫声一声高过一声。

突然之间，尖叫声停住了，就好像被截断了一般。

那被吊着的另一个女人一动也不动，然而短裙上忽然湿了一片，接着，开始往下滴水。

男人忽然出现在她旁边，他上半身沾了很多血，这让他显得更加狰狞，他故意朝女人的脸上吹了吹气，吹得她面前的头发都动了动。

“我知道你一直醒着，也一直听着。”男人的声音出乎意料地温柔，“你很乖，至少，比那个婊子乖。其实，老老实实陪我玩一会儿就好了嘛，结果吵来吵去，吵得我头都大了。我最讨厌麻烦，你懂的。”

他扬起手里的刀，撩起了年轻女子的发帘：“说，你叫什么？”

女子沉默。

“喂。”男人有点儿不耐烦了。

“孙……孙静言……”女子终于开口了，声音带着颤抖。

“好。”男人用刀拍拍女子的脸，“定个规矩：我让你干什么你就干什么。听话，就能活得长点儿。懂了吗？”

女子脸上被沾了一些刀上的血，她忙不迭地点头：“知……知道了。”

男人笑了：“好，我先去忙一阵子，等忙完了，咱们俩，好好地玩一会儿。”

他吹着口哨来到水塔的另一角，那里有一个箱子。

男人打开箱子，里面有各种式样的刀、斧子，甚至还有手锯。

男人拿出两把刀，吹着口哨，迎着水塔顶上投下来的光，看了看刀刃，然后满意地点了点头。

刀刃上反射着冷森森的光。

男子故意把两把刀子互相摩擦一下，发出令人牙酸的声音。

男子开心地吹起了口哨，口哨声在水塔中回荡。

年轻女子微微颤抖着，她慢慢地抬起头，露出清秀的脸，她的眼里带着泪花。

第一章　连环杀手

“咣！”

身穿精致的厨师套装的男子，正在把用毛巾裹着的东西用力摔打在案板上。

一旁站着电视台的主持人，对着摄像机镜头，笑容可掬地说：“各位观众，我们正在本市最著名的餐厅之一——云台餐厅，为您直播厨师大赛。今天的比赛已进入高潮，名厨苏树凯先生，正在为大家制作一道名菜——活鱼八盏。”

围着白围裙、戴着厨师帽的苏树凯，轻轻弯下腰，正要把案板上的毛巾卷捡起来。

主持人继续介绍道：“这道活鱼八盏，是要用活鱼来制作的，然而活鱼肯定是不肯乖乖被人蘸上一身佐料并且开膛破肚，所以苏大厨要先把它摔晕。”

苏树凯刚把毛巾卷拿在手中，忽然，那东西从他手上跳了起来。

两尺多长的大鱼，从毛巾中腾跃而起，鱼身上的黏液，扑腾了苏树凯一脸。苏树凯狼狈不堪，踉跄后退。在场的人忍不住哄笑起来。

主持人奇道："苏先生做这道菜据说练了十多年了，今天怎么……可能是状态不太好吧……"

苏树凯的助手快步上前，用手去抓那条鱼，而那鱼居然颇为活跃，在地上跳来跳去，不肯就范。

苏树凯阴沉着脸退向台角，看了看表，然后缓缓下台。

旁边有个年轻人凑了过来，这人是苏树凯的徒弟。苏树凯低声问他："你师娘找到了没有？"

徒弟说："没有。"

苏树凯叹了口气，说："今天的比赛弃权吧。比赛时间已经不够了。我已经没心思做了。"

他今天完全不在状态。

徒弟说："咱们这就报警去吧，相信警察一定会把师娘找回来的。"

苏树凯点头。

徒弟又说："师父，刚才我去准备室，发现里面多了个盒子。也不知道是谁送来的，您认得这东西吗？"

盒子用胶带缠着，最上面贴了张纸条，写着：苏树凯亲启。苏树凯抓了抓头发，接过盒子，掂了掂，感觉里面有东西。

他让徒弟去跟参赛方说自己要弃权，自己则开始撕胶带。

胶带撕完，盒子还没被打开，苏树凯先闻到了一股轻微的血腥味。

他心下一凛，一掀盖子，看到了里面的东西，随后大叫一声，瘫坐在地上。

盒子也从他手里滑落在地，里面的东西都掉了出来。

徒弟从外面回来，看到了掉出来的东西，也吓得倒吸了一口冷气，连连倒退数步。

过了好几分钟，苏树凯才回过神来，他对徒弟说："快，报警……报警！"

声音嘶哑，已不复人声。

窗外，阴云密布，压得人喘不过气，看上去要下一场大雨。

数十分钟后，在市公安局的一个会议室里，召开了一次特别会议。

刑警队的刘队长负责介绍情况，这是一位外表英武的警官，以冷静和睿智著称。他扫了一眼会议室，今天到场的每个人都是精挑细选的精英人物，也都是可靠的战友。

大屏幕上投放出阔太太的照片和资料。

刘队长介绍道："连环绑架杀人案的第四号受害者身份目前已经确定，姓名兰清，女，30岁，本市人，已婚，全职太太。出门主要为她丈夫——厨师苏树凯采购食材。苏树凯报案说兰清在四十八小时前已经失踪，手机没打通，刚开始并未引起足够重视。当时他正在全力准备今天的厨师大赛。今天上午十点半，苏树凯在比赛现场收到一个盒子，里面是一件兰清的衣服，上面有大量血迹，此外还有一只手。苏树凯从手指上戴的戒指，以及指甲上的指甲油来判断，那应该是自己的太太。苏树凯也提供了兰清平时用的物件，上面有兰清的完整指纹，经过指纹对比，确认这是兰清的手。但到目前为止，尚未发现兰清的尸体。”

刑警陈冬坐在刘队长的正对面，他是刘队长的得力干将，正在聚精会神地看着资料，不肯错过任何一个细节。

刘队长按下遥控器的按钮，调出了一组资料，介绍道：“大家可以先看一下之前几名受害人的情况。与现在的情况进行对比。”

屏幕上的文件夹打开，上面显示出了第一位受害人的具体信息。

刘队长说：“这是第一位受害人，郑春兰，女，27 岁，本市人。去年 2 月 14 日，被发现弃尸于郊区瓦窑村的一口枯井里。不过那口井很浅，作案人似乎并没有打算把尸体掩藏起来。”

接着刘队长又调出另一组资料：“这是第二位受害人，周梦醒，女，22 岁，某学校的学生，酒吧的驻唱歌手。去年 4 月 1 日，被发现弃尸于东城区静安路的一个垃圾箱里。是被拾荒的老人发现的。”

第三组资料被调了出来，刘队长说道：“这是第三位受害人，胡桂芬，女，21 岁，某学校的学生。去年 6 月 1 日，被发现弃尸于环城道与长城大街的交叉口处的工地。无论是路口处的摄像头，还是工地的监控系统，都没有拍下任何作案人的形象。”

“发现尸体的时间倒都挺有意思，2 月 14 日，4 月 1 日，6 月 1 日。碰巧都是节日哦。”

陈冬一边自言自语，一边把这几个日期在笔记本上记了下来。

他的自言自语声引起了身边两个人的注意，这两个人一男一女，看样子都很年轻。陈冬似乎感觉到有人在看自己，就把脸转了过去，对二人一笑。

会议结束，刘队长正要找陈冬说话，忽然走进来一个人。

那人径直来到刘队长面前，说：“刘队，第三位受害人胡桂芬的家属来了，他们想见您。”

刘队长说：“我再说几句话就过去。”

那人为难地说：“刘队，来的两位家属情绪比较激动，刚到门口就开始闹腾。”

刘队长一皱眉：“那咱们现在过去。”他朝陈冬一挥手：“你在办公室等我，有话跟你说。”

陈冬点了点头。

刘队长跟着那人走了。

刚才注意陈冬的两个人这时候走了过来，那个女的主动上前自我介绍：“您好，陈哥，我是新调来的蒋丽欣。”

那个男的说道：“陈哥您好，我叫陶泽，刚从警校毕业，以后要跟您一起做事了。请多多关照。”

陈冬点头：“昨天听说你们俩要加入，挺期待的。听说小蒋已经有立功的记录，陶泽在警校的表现是同期生里最好的。欢迎你们两位。”

蒋丽欣说：“行，客套完了咱们说正事吧。这次的案子，我们俩只看过部分资料，并不完全了解。您能跟我们多说说吗？”

陈冬说：“好的，在这儿说不方便，咱们去别处说。”

三人来到角落里，陈冬悄声把这次的案子介绍了一下——

从去年2月14日开始，有多名女子遭绑匪绑架后被杀害。离奇的是，绑匪并未向被绑架者的家属索要赎金，也从未公开对外宣称有什么目的。绑匪对被绑架者施以囚禁，并且从她们身上取下某个部位，装在盒子里给她们的家属送过去。有时候是手，有时候是脚趾，有时候是耳朵……完全是随机性的。在受害者家属收到盒子后的两三天内，尸体会被发现。遗弃尸体的场所并非是隐蔽的场所，而是肯定会有人路过的地方。

“凶手这么做的目的是什么？”蒋丽欣问，“总要有个犯罪动机吧？”

陈冬说：“目前还无法判定其犯罪动机。”

陶泽说：“感觉凶手可能是某种精神病患者吧。在间歇性病发的情况下，会无法控制自己的行为而导致杀人。”

陈冬看了看他，说：“我们还是尽量在证据的基础上说话，对凶手的判断不能只依靠想象。”

这时有人过来，对陈冬说：“冬哥，刘队找您。”

陈冬点头，转过来对蒋丽欣和陶泽说：“我先离开一下，咱们回头继续谈。你们先去看一下相关资料，尤其是在现场发现的一些线索。”

在警局的一间屋子里，第三位受害者胡桂芬的父母坐在办公桌前。刘队长正在安抚他们。

胡先生怀里抱着个相框，相框里是一张大幅的照片，相框用黑绸子缠着。

刚走进屋子的陈冬，视线不由自主地被吸引在那张照片上。

那是胡桂芬的照片，一张大号特写，胡桂芬站在某个运动会的颁奖台上，手捧奖杯，笑容灿烂。

胡桂芬的母亲泣不成声地说道：“警察同志，您要为我们做主啊，我们桂芬是个乖乖女，在学校一直是尖子生，不但是班上的班长，还是学生会的部长，老师和同学们都很喜欢她……她的人际关系也处理得很好，不会有什么仇人的。”

说到这里，这位母亲忍不住痛哭起来。刘队向陈冬使了个眼色，陈冬赶紧上前，给她递上面巾纸。

胡桂芬的父亲一直木然地坐着，这时候忽然抓住陈冬的衣袖，对陈冬说：“您要为我们做主啊。”

陈冬点点头，和刘队一起安慰这两位家属，一直忙到深夜。

窗外浓云密布，闷热的气氛压得人喘不过气来。

陈冬来到窗前，解开了衣领上的扣子，深深地吸了一口气。刘队长不知何时来到他身后，递上一杯咖啡。

陈冬接过咖啡，问刘队长：“今晚你又要在单位过了吧？”

刘队长点点头。

陈冬举起咖啡：“这么多天了，换我早受不了了。我敬您一杯。”

刘队长苦笑。

一名警员忽然从办公室那边跑了过来，一直冲到刘队长面前，然后上气不接下气地说：“队长，找到了，找到兰清了！”

刘队长把杯子一撂，对陈冬说：“走！”

第二章　线索难觅

郊区的外环路口，路旁的灌木丛中已经积满了泥水，天空中还在射下无数雨箭，增加着寻找线索的难度。

这片灌木丛的周围已经被警方设置好了警戒带。几辆警车停在路边，警灯闪烁，照亮了橙色的路障。

一具女尸被警员们围在中央，陈冬撑着伞站在尸体旁边，为尸体遮雨，而他自己却被淋得透湿，直到刘队长过去为他披上雨衣。

法医李云清和他的同事们正冒雨围在尸体旁边，有的负责拍照，有的负责采集指纹，有的负责检查死者的衣物。

李云清凑到刘队长面前，低声说："由于雨水的破坏，现场能提取到的线索已经不多了。"

刘队长的眉头拧紧了，他问道："提取到指纹了没有？"

李云清说："有是有，但是现在还不能肯定是凶手的。"

刘队长叹了口气。

这场雨下得越来越大了，此时已经有法医把遮雨的布篷覆盖到尸体上方。

刘队长对李云清说：“收拾一下，拿到你想要的东西之后，就把尸体挪走吧。”

他回头想和陈冬说话，却发现陈冬已经不在原地。

陈冬披着雨衣，沿着灌木丛往前走，灌木丛中横生的枝杈朝他不断打过来，但他浑不在意。

他弯着腰，低着头，检视着地面上的痕迹。

“左……右……左……”

前面有两深一浅三处小坑，已经积水了，但还能看出是人脚的形状。

“狡猾啊，趁雨天抛尸，走泥土地，雨水会毁掉脚印。”陈冬自言自语，“不过你是用左肩扛着尸体的，所以左侧的脚印会深一些。”

脚印前方有一处弧形的浅坑，然后是一个手掌形的痕迹。

陈冬用相机拍了下来，自语道：“雨天路滑，你也不小心摔了一跤，用右手撑住了。然而此时尸体并没有从你肩头滑落，证明你左手力气非常大。腰部肌肉也很有力，虽然摔了一跤，但身体并没有完全倒在地上。仅凭一只手和腰部的力量维持着两个身体的平衡，你的平衡感相当不错啊，有可能练过柔道、摔跤甚至拳击一类的……哦，还有可能是街舞。”

他继续低着头往前找，忽然感到头皮一疼，他一缩脖子，抬头一看，是一棵已经干枯的灌木，而灌木的叶子都已经掉光了，只剩下干枯而尖利的枝干。

他急迫地凑了过去，在枝丫之间寻找线索。

“找到你了。”

离地两尺多高的地方，一根长矛一样的枝丫上方，挑着一丝灰蓝色的细线。

“雨中的泥土地上可以不留下脚印，然而泥土地上的植物却会留下你衣服上的纤维。”陈冬戴上手套，取出一个证物袋，小心地将那一丝细线装进了证物袋里。

“这世界上没有完美的犯罪，你始终会留下蛛丝马迹。”

他将证物袋小心地揣进了口袋里。

陈冬直起身子，举目四处张望，只见法医们正在把尸体弄上车，而刘队正在用手机和总部联系。此时雨稍微小了一些，他再次低下身子，希望找到更多线索。

然而他没有注意到，在离他不远的地方，有双眼睛正在看着他。

两个小时后，验尸房。

受害人兰清的尸体被放在解剖台上。李云清、陈冬和刘队长围在解剖台周围。

尸体由于在泥水中浸泡了一段时间，呈现出一种灰白的颜色。

李云清说：“受害人兰清跟前三个死者的死因相同，都是流血过多致死。不过凶手杀人的手法却是一次比一次熟练了。这次的致命伤只有一处，是在颈部动脉。而受害人死前，其左手已经被砍掉了。”

刘队长问道：“这么说来死者没有被性侵犯过？”

李云清答道：“没有。”

陈冬问道：“杀手会不会是性无能呢？在以往的一些案件中，某些连环杀手出于自己的欲望无处发泄，改为对女性下手，寻找刺激的感觉。抑或由于欲望得不到满足而导致心理变态。”

刘队长说：“先不要这么快下结论。老李，有更多的线索没有？”

李云清向刘队长递上一份化验报告：“陈冬找到了一点儿疑似凶手衣服上的纤维，纤维中发现了一种罕见的防伪涂料。”

“防伪涂料？”刘队长感到奇怪。

李云清解释道：“是的，这种涂料在平常并不多见，而是用在一些防伪标识上，在紫外线照射下，这种防伪标识会呈现出金色的光。类似于钞票上的水印。只不过这种涂料现在已经被淘汰了。”

陈冬急切地问道：“那点儿衣服纤维不能提供更多线索了吗？”

李云清答道：“衣服纤维本身的质地是一种进口化纤，出产自西欧某国，而且是新款衣服才用到的料子。”

陈冬吹了声口哨接着说道：“凶手有可能是个收入很高的家伙，不然买不起这种衣服吧？”

刘队长低头想了想，摇头道：“也有可能是盗窃所得或者别人赠送，这个作不得准。”

陈冬问：“那么，这种涂料现在还有哪儿在使用？”

李云清说：“不知道啊，很多年前就被淘汰了。”

陈冬沉吟了片刻，说：“头儿，咱们查一下哪里有生产这种涂料的工厂吧，或者是储存它的仓库，或许那里会有线索。”

第三章　囚　笼

清晨，孙记肉铺门口。

雨水从屋檐一滴滴落下，粉身碎骨，碎成花瓣。

年轻的孙仲良把店门拉开一条缝隙，探出半个身子。他开着收音机，收音机里飘出激荡的音乐，孙仲良和着音乐的节拍，做了几个街舞的招牌动作，之后才慢吞吞地把整个店门打开。

等在门口的一个老太太走进店内，挑选着肉。

“小孙，这条羊腿给我称一称。”老太太说。

孙仲良点头，用熟练的手法切下羊腿，上秤，包好，收钱。

顾客临走前他还提醒：“大妈，这羊腿肉顺着切好切，留神骨头。拽着筋，一揪就起来了，不顺着切容易伤刀刃。”

老太太老远地回应道：“谢谢你啦，整条街还是你最懂切肉。”

孙仲良擦着手回到屋里，正要再听会儿音乐，忽然手机响了起来。

“妈？”他接了电话。

电话另一头传出母亲急切的声音：“仲良，这几天你妹妹有没有跟你联系过？”

孙仲良答道：“没有啊，妈，怎么了？”

“哎哟！急死我了！你妹妹的学校打来电话，说她好几天没去上课了，宿舍里也没她的影子。舍友们都不知道她去了哪里。她还没请假！”

孙仲良的眼睛瞪大了：“小妹这几天没找过我，我们有半个月没打电话了。妈，你先别急，我去找你，咱们一起去她的学校问清楚。”

“能不急嘛，你赶紧先关了店，咱们去派出所报案吧！”

孙仲良茫然地挂了电话。此时收音机里放出广播：“各位听众，现在插播一条新闻，我市又发生一起连环凶杀案……死者女性……”

孙仲良手机脱手掉在了地上。

专案组会议室。

刘队长面如寒霜：“诸位，现在广播、电视、报刊、网站……甚至连我的朋友圈里，都能看到关于这次案件的报道了。媒体报道的内容比你们交给我的报告上的还要多，你们对此有什么看法没有？”

大家都沉默了。

刘队长重重地拍了拍桌子。

陈冬举手说道：“队长，我这里……”

所有人望向陈冬。

正在这时，陈冬的手机突然响了起来……陈冬一看，是自己的女朋友王燕燕打来的。陈冬咬了咬牙，按了拒接，然后关了机。

“对不起，开会开手机是我不对，现在我把手机上交。”他把手机放到刘队长面前。

此时此刻，距离警局几十公里外的高铁站。

王燕燕拉着行李箱从车站内出来，大雨倾盆，王燕燕没有带伞，颇为狼狈。

她又拿出手机，拨了通信录里“冬冬”的电话，然而手机里传出“您拨打的用户已关机”的提示音。王燕燕一脸失望地叹了口气。

在会议室里，会议还在继续着……

陈冬正在发言：“不知道大家有没有注意到之前凶手几次弃尸的地点，请看大屏幕。”

陈冬在大屏幕上展示了城郊的地图，在地图上有几个闪光的亮点。陈冬对大家说：“闪光的点是我特意标出来的，这些就是凶手弃尸的地点。我发现了一个有趣的现象。”

随后他用激光笔把那些点连了起来。

“大家请看，这些点几乎可以连成一个完美的扇形，而扇形的圆心，我估计离凶手的藏身地不远。他每次都从自己的藏身点出发，向不同的方向前进一定时间，然后抛尸。”

众人开始研究陈冬的观点。

与此同时，凶手藏身的水塔。

头顶有水滴不停滴落。在地上的铁笼中，被困的孙静言正在熟睡。

这时候，有人敲打铁笼，发出哗啷啷哗啷啷的声音。

孙静言被吵醒了。但她的表情还有些呆滞，显然还没有完全恢复神志。

敲打铁笼的人是个漂亮女子，她衣衫破损，脸上还带着血痕。

漂亮女子对孙静言说："我叫崔雨昕，是被抓来的。你也是吗？"

孙静言点头，想了一阵儿，忽然惊叫道："你是不是刚刚被抓来的？"

崔雨昕说："是啊，我……我不知怎么的就被抓到这里来了。"

孙静言结结巴巴地问："那……那个人走了没有？"

崔雨昕答道："走了。所以我才敢和你说话。"

孙静言忽然落泪："那个人每抓一个新人进来，就要把之前的一个人杀掉。现在他把你抓进来了，很明显是要杀掉我了……"

说完她大哭了起来。

崔雨昕急道："别哭，哭有什么用啊！现在趁他不在，我们赶紧想办法逃走吧。"

孙静言说："我也想逃啊，可是怎么逃啊！"

崔雨昕张望一下，她看到自己的铁笼边上有一个架子，而架子上是个铁箱。

崔雨昕把手尽量伸出去，可还是够不到架子。

孙静言说："用脚！用脚！"

崔雨昕闻言躺了下来，将腿伸到笼子外面，脚差不多快够到架子了。

孙静言说："小心，小心，别让铁架子砸到你的腿！"

崔雨昕说：“放心……哎呀！”

铁架子向着她这边砸了下来，差点儿砸到她的腿。

铁箱子就落在她面前，然而上面有密码锁，她试了几次，打不开。

崔雨昕有些泄气。

孙静言忽然指着地上说：“快看，那是什么？”

崔雨昕过去，把那个东西捡了起来：“好像是根粗铁丝，上面有锯齿……哎呀，还有干了的血迹！”

孙静言说：“这是根线锯……是他折磨之前进来的人用的……不知道能不能锯开铁笼。”

崔雨昕点点头，眼里放出了光，把那东西凑近铁笼，说：“无论怎样，都要试试。”

孙静言说：“可这东西太细了，能锯开铁笼吗？”

铁笼的每根铁条看上去都有大拇指那么粗。

崔雨昕沉吟了片刻，开始检查铁笼。

孙静言说：“铁条看上去都很粗，但是锁是普通的挂锁，有细的地方，你试试能不能用锯条把锁锯开。”

崔雨昕点头，开始尝试。

几个小时后，崔雨昕瘫坐在地上，两只手都在打颤。

“不行了，累死了，这个锁也太结实了，这个锯条太细，不顶用啊。”

“加油啊，不加油怎么行！”孙静言给她打气。

崔雨昕负气地把线锯向孙静言扔过去：“要不你试试！”

孙静言望望地上的铁线，又看看崔雨昕，随后把铁线推到崔雨昕伸手可及的地方。

崔雨昕睁大眼睛说：“干吗又给我？”

孙静言说：“你的锁上已经锯开了一条印子了，再努把力，时间可是越来越紧迫了，说不定他什么时候就会回来！你想死在他手里？”

“唉！”崔雨昕爬起来，取了铁线，再次尝试锯锁。

孙静言问：“出去了之后，你想做什么？”

崔雨昕头也不抬地说：“大吃大喝一顿。”

孙静言说：“你身材那么好，胖了不会糟蹋了吗？”

“一次两次算什么？其实我就喜欢吃巧克力蛋糕，每次看到别人吃，我一想到自己要控制体重，就受不了。如果这次能逃出去，我要买一大堆巧克力蛋糕，从天黑吃到天亮！”

咔嗒一声，孙静言赶紧问道：“是锁被锯开了吗？”

崔雨昕说：“不……是线锯断了……”

孙静言担心地看着崔雨昕，崔雨昕却把两截断开的线锯抓了回来，比对了一下，挑出较长的一根，说：“我不会放弃的。”

她又开始锯了。

第四章　逃　生

陈冬驾驶一辆警车，行驶在郊区的公路上。陶泽及蒋丽欣坐在后座上。

陈冬对后面两人说："我查了一下，在纤维上发现的特殊涂料，在八年前就已经停产，而在本市内，有两家工厂、一家作坊，生产过那种涂料，有一座仓库储存过那种涂料。我把弃尸地点围成的扇形与那些工厂、作坊、仓库的地点进行了比对，发现那家作坊的位置正好位于扇形的中心位置附近。"

蒋丽欣端着平板电脑，将电子地图打开："您说的那家作坊应该是荒废了，因为小作坊本身产量低、产品单一，当那种涂料被弃用之后，作坊就停业了。但那个作坊的厂房还在。位置太偏了，也没有房地产商对那块地方感兴趣，就一直荒废着。"

陶泽指着地图说："在这附近，我记起来了，好像我小时候还去那家作坊玩过呢！"

陈冬突然停下了车子，陶泽和蒋丽欣满脸愕然地望着他。

陈冬苦笑着指着前面的牌子。牌子上写着：“因连降暴雨，前方路段有泥石流滑坡迹象，车辆请绕行此路。”

三人你看我，我看你，齐声叹了口气，陈冬调转车头，从另一个方向绕行。

与此同时，作坊水塔内。

崔雨昕已经锯开了自己的锁，随后冲了出来，想要欢呼，又捂住了自己的嘴。她看到左前方有扇门，就轻快地跑了出去。

孙静言眼睛一眨不眨地看着那扇门。

没过多久，崔雨昕就从门内冲了回来，手里拎着一块板砖。

她用板砖敲打困着孙静言的铁笼门上的锁，敲打了几下之后，板砖裂纹，挂锁也被敲坏了，她拉开笼门，将手伸给孙静言。

这只手已经被擦伤了，她用锯把挂锁弄坏，手着实受伤不轻。

孙静言眼角挂着泪说声谢谢。崔雨昕说：“赶紧走，那条路应该是往外的。”

崔雨昕与孙静言小心翼翼地走进阴暗的门廊，寻路向外逃。

只见外面是一片废弃的房屋，以及半人高的荒草。两人在废弃的房屋中寻找出去的路，只见满地都是空罐子之类，那些罐子似乎之前装过染料。

“这里是哪儿？！”孙静言迷惘地问。

崔雨昕摇摇头说：“我也不知道。不过肯定不在市区内，应该是郊区的某个废弃厂房吧！”

崔雨昕见不远处就是大门口，就用力拉了孙静言的手，她俩正要跑过去，却听到前面的门口传来了动静。

两个人停了下来。大门那边传来响亮的开链锁的声音。崔雨昕拉着孙静言躲在一堵破墙的后面。

连环杀手推开大门，从外面进来，进来之后又把大门锁上。他手上拎着一个食品袋，从一堆堆空罐子中间穿过，裤子上沾了一些罐子上残存的染料。

他大摇大摆地往前走，丝毫没有察觉到躲在破墙后面的崔雨昕和孙静言。

在公路上，陈冬和其他人在绕行中迷了路。即便是开了导航，依然找不到能抵达作坊的路。陈冬气得把导航仪一摔。

小作坊内，崔雨昕与孙静言转到小作坊的另一边，但是这里只有房屋和高墙。她们钻进了一处贴墙的房子，瞥到离地稍高的地方有个小窗户是朝向外面的。

崔雨昕高举双手往上一跃，她的双手刚刚能够抓到小窗户的框子。

崔雨昕伸腿蹬脚努力地往上爬但是收效甚微。

崔雨昕转头对孙静言说："你能不能在下面托我一下，等我上去之后再拉你上来。"

孙静言闻言抓住崔雨昕的脚使劲往上顶，崔雨昕终于爬出了小窗户。

爬出去之后，崔雨昕长长地出了一口气，此时她觉得连空气都充满芬芳，尽管天气阴沉，她却忍不住要欢呼。

眼前是片满是荒草的原野，由于窗口离地并不算太高，崔雨昕觉得自己很轻松就能滑到地面上。

里面的孙静言在催她：“快救我出去啊！”

崔雨昕转身道：“别急，这就救你出来！”

然而在囚禁处的连环杀手看到铁笼已经被打开，便从旁边取过一把斧子，迅速地冲了出来，寻找二人的踪迹。

他看到地面上有脚印，两人逃出去的时候，并没有注意隐藏自己的足迹。

连环杀手沿着脚印往外追。

崔雨昕回身向着窗户内伸出手，她正打算把孙静言拉出来……

孙静言见逃生有望了，便开心地向崔雨昕伸出手去，两个人的手抓在了一起。

“用力，用力。”崔雨昕由于用力过猛，脸都憋成了红色。孙静言正在用力往上爬去。不过由于被囚禁的时间太长，她的体力显然比较差。

突然，一只手拉住孙静言的脚踝，要把她给扯下来……

孙静言大声惊叫了起来。

而窗外的崔雨昕发现连环杀手正要把孙静言拉回屋内，努力要拉她出来。

在拉扯中双方对峙了好一阵子，但崔雨昕的力气显然不如连环杀手的力气大，孙静言被拉了回去，黑暗中崔雨昕对她最后的印象就是她那满面惊惶的脸。

远远地传来了孙静言凄厉的叫声："救命！救命！"

崔雨昕也声嘶力竭地喊了起来。

在作坊附近，陈冬的汽车好不容易找到了正确的路，此时已经行驶到距离作坊不远的路口，他们远远地看到一个女孩攀在一面墙的窗口上，正在嘶声叫喊着。三人赶紧停车。

孙静言的叫声再次响起，只不过渐渐远去，越来越弱。

"还有一个！"陈冬等人已经听到了孙静言的呼救声，陈冬三步并作两步冲到了窗前。

崔雨昕见有人跑来，就马上从窗口跳了下去。她迎着陈冬跑了过去，但刚跑到陈冬跟前就脚下一软，瘫倒在了陈冬的怀里。

崔雨昕伸手指着那扇窗户方向，虚弱地说："快去救……救她……"还没有说完，就因为体力不支而晕厥了过去。

陈冬把崔雨昕交给蒋丽欣，说："检查一下她身上有没有受伤，带她回车上，联系总部，呼叫增援。"丽欣点头说："好的。"

陈冬又转过身对陶泽说道："小陶，跟我来，咱们要赶紧解救剩下的人。"

两人三下两下攀上了窗口，又从窗口跳进了作坊。

此时孙静言的呼救声已经听不到了。

陈冬与陶泽小心地前进，两人也注意到地上有拖拽的痕迹。但顺着拖拽的痕迹走了一会儿之后，痕迹就消失了。

陶泽问陈冬该怎么办，陈冬沉吟片刻，决定分头行动。

于是两人各自沿着一个方向追了下去。

陈冬一直追到一个小房间门口，在那个房间里有个背向门口，斜倚着墙，似乎还在动弹的人影。陈冬喝道：“喂，前面的人，转过身来。”

但那人似乎没有听到。

陈冬不敢大意，掏出警枪慢慢走了上去。从背影上看，那人是个女子。陈冬绕到前面，只见那女子已经被割喉，鲜血流了一身，早已翻了白眼，只是身体还在抽搐。死者正是孙静言。

陶泽进入了另一个房间，这个房间较大，陶泽慢慢在阴暗的屋子里前进，每看到一个房间他就踹开门进去看看。

在快要到走廊尽头的位置，陶泽似乎看到有什么东西在黑暗中闪闪发光。

是凶手手中的利器吗？

陶泽将手枪保险打开，枪口向前，沉声喝道：“前面的人，不许动！”

那光似乎真的定住了。

陶泽慢慢地走上前去，发现前面是一件挂在衣架上的大衣，衣架上还挂着一把斧头，看上去就像是有个人在那里握着斧头站着似的。反光的是斧子刃。

陶泽意识到情况不妙，刚要转身离开，突然一柄锋利的折叠刀从黑暗中出现，刀锋贴在他的脸颊上……陶泽完全不敢动弹了。

一只手从黑暗中出现，先是拿走了陶泽的警枪，然后温柔地在陶泽的脸上蹭了蹭。

随后，刀锋从陶泽的脖颈上划过，割破了陶泽的颈动脉。

连环杀手迅速离去，留下陶泽一个人在黑暗中抽搐。陶泽竭力用手捂住脖子上的伤口，他不敢大叫，怕会引发伤口流出更多的血。他贴着墙壁站着，黑暗中他的力气在一点一点流失，连同求生的希望。

他的身体贴着墙壁一点点往下滑。

陈冬继续在作坊内不同的房间里寻找着，搜寻连环杀手的踪迹，但是却一无所获。

直到他走进最后面的一间屋子，走进了那条幽深而狭长的走廊……

走廊上放了很多空的瓶瓶罐罐，突然有件东西从黑暗中飞了出来。陈冬灵活地躲闪，那东西飞出了一段后，掉在了地上。

那是陶泽出来的时候戴的警帽。

陈冬仔细看着地面上，看到有一些血迹，这些星星点点的血迹形成了一条直线。

陈冬端着枪，弯下腰，沿着血迹往前走，随后看到一股鲜艳的血流，正从前面流过来，再向前走几步，从黑暗中露出了陶泽的一双脚。

陈冬扑过去，蹲下身查看陶泽的情况，可惜陶泽已经没了呼吸。陈冬眼见同事殉职，不由得悲痛地叫出了声。

此时旁边传出动静。

陈冬惊觉地站起身，举枪四顾，然而前方不远处，又一声轻响传了过来。

陈冬马上向着那边开枪射击。枪声在黑漆漆的走廊内回荡。

枪响之后，那边传来了什么东西倒地的声音，陈冬不敢大意，举枪慢慢地走了过去，看到地上有一个倾倒的汽油桶。

他还没明白是怎么回事，已经有人影从黑暗中站了起来，用枪对着他。

原来刚才凶手特意发出声音吸引陈冬开枪，随后推倒汽油桶，造成自己中弹的假象，当陈冬走过去之后，他就从暗中瞄准陈冬的后脑。

连环杀手吹了声口哨，随后开了一枪，他这一枪击中了陈冬的后脑……

陈冬中枪后倒在了地上。

连环杀手吹着口哨，踱着方步，来到了陈冬的前面，只见陈冬面朝下俯卧在地上，杀手伸脚把陈冬踢翻……陈冬看到了连环杀手的脸。

然而陈冬由于脑部受创，所以在他的视野里，杀手的脸一会儿扭曲成面团一般，一会儿又出现了无数个镜像。

陈冬虚弱地将手伸向眼前，想去抓住连环杀手的脸，然而杀手的脸像水面被石子击破般泛起了涟漪，他的五官变得模糊，逐渐溶化在了黑暗里。

只有耳畔传来杀手充满嘲讽的笑声。

连环杀手俯下身，想用自己的枪再补一枪，然而扣了扳机之后才发现没有子弹了。

他骂了一句，俯下身子，捞起了陈冬的警枪。

他一枪打在陈冬身上，陈冬随之抽搐了一下。然而杀手再度扣动扳机时，发现这把枪也没子弹了。

他转身想要离开，发现自己的裤脚被一只手拉住。

是陈冬的手。

陈冬的双眼茫然地看着上方，视线已经无法聚焦，但他的手却抓得牢牢的。

杀手哼了一声，用力去踩陈冬的手。

这个时候外面警笛声大作，随后传来有人破门而入的声音。是之前呼叫的增援到了。

杀手总算甩脱了陈冬的手，随后把空枪向地上一抛，扭头冲向走廊深处，消失在了黑暗之中。

陈冬躺在地上，眼睛茫然地盯着上方，手在抽搐着，伤口血流如注。

外面一阵闷雷滚过，大雨倾盆而下。

第五章　失　能

两小时后，陈冬已经躺在了手术室里。

刺眼的手术灯将光投了下来，一群穿白大褂的医生、护士将陈冬围在中央，他们正在为陈冬做手术。

生命监测系统上，代表心跳的小红点一闪一闪。

主刀的大夫弯着腰，聚精会神地工作着。偶尔抬一下头，让护士擦去他额头的汗水。

“一发子弹穿过了胸腔，没有留在体内。但另外一发子弹卡在颅骨中了，需要锯开颅骨。”

有医生上前，手中拿着开颅用的骨锯，骨锯开始运转，有东西溅了起来，旁边的护士吓得不敢再看。

过了良久，主刀大夫用手术钳取出了一颗弹头。

只听当啷一声，弹头被丢到了金属盘内，发出清脆的声响。

生命监测仪忽然出现异常，警报声大作。

医生喊道："病人脑部异常，呼吸出现停顿，赶快抢救！"

手术室中乱作一团。

陈冬觉得自己做了一个长梦。

在梦境里，他遇到了很多之前熟悉的人。

他看到陶泽一身戎装，脸上挂着微笑，向他走来，他想过去和陶泽握手，但陶泽却和他擦肩而过。陶泽走出去几步，再回首的时候，脸上的微笑已经不见了，他的脖子上带着伤口，全身的警服都被染成了红色，他看着陈冬，说："是你让我去的。我恨你。"

陈冬慌乱地转身，却看到孙静言斜倚在墙上，瞪着他。她用手捂着伤口，但血依然倔强地喷了出来。"你为什么不能早点儿来？"她说，"哪怕早来一分钟，我也不会死。我恨你！"

陈冬再次跑开，这次却又撞上了自己的女友王燕燕，王燕燕满面怒容地看着他，吼道："每次打电话你都拒接，你心里到底有没有我？我要你这个男朋友有什么用？！房子买了吗？工资提了吗？说好的戒指呢？"

陈冬捂着耳朵扭转头，有人在他肩头一拍，他转身一看，是一男一女，胡桂芬的父母。

胡桂芬的母亲颤巍巍地说："警察同志，你要为我女儿做主啊！"

胡桂芬的父亲抱着相框，说："警察同志，我女儿可是个好孩子啊，为什么这年头好人会死那么惨，坏人还得不到报应啊？"

胡桂芬的母亲指着陈冬，愤愤地说："该报未报，时刻未到，如果总是不到，那就怪这个人办事不力！"

胡桂芬的父亲叹了口气，没再说话。

耳畔传来了口哨声。

杀手出现了。

杀手一手拿着刀，一手拿着警枪，挑衅地看着陈冬，陈冬大吼了一声，向杀手冲去。

然而跑了很久，和杀手之间的距离都没有缩短。

杀手似乎不耐烦了，先把枪扔掉，表示用刀和陈冬单挑，然而陈冬即便奋力奔跑，和杀手之间的距离还是没有缩短，杀手又把刀扔掉了，空着手，耸了耸肩。

陈冬吼道："不许动！站住！我一定要抓到你！"

杀手捧腹大笑，先是笑弯了腰，随后在地上打滚，然而陈冬还是没能冲到他面前。

杀手摊了摊手，转身，慢吞吞地走进了黑暗中。

陈冬跑得气喘吁吁，筋疲力尽，双膝一软跪在地上，溅起一片水花，他低头一看，地上不是水，是血！

自己的同事们都躺在地上，刘队长、陶泽、蒋丽欣……血是从他们身上流出来的。

陈冬开始狂呼，随着他的呼唤，似乎有光投了下来。

那光越来越强，照亮了他的脸。陈冬抬起头，眯着眼看着上方。

似乎有人在呼唤自己。

那声音越来越响亮，越来越清晰，陈冬在昏迷中渐渐醒转，只是眼前的视野仍然有点模糊。

在病床一旁，医生正在呼唤陈冬的名字……

"信号明显！他的瞳孔对光有反应了！"医生对旁边的人兴奋地说道。

陈冬眨了眨眼。

医生欢呼道："他真的醒了！真的醒了！"

陈冬的感觉渐渐恢复，视野也逐渐清晰，他能感到周围有人，能看见床前站了穿白大褂的医生、护士，以及两名女子。但只能看清大概的轮廓，看不清人脸。

那两名女子看到他的眼睛在动，便急切地凑了过去。

其中一名女子是王燕燕，而另一名是蒋丽欣。

王燕燕柔声道："阿冬，你能听到我的声音吗？"

陈冬努力调校眼睛的焦点。眼前的东西都渐渐地变得清晰了起来，可惜无论陈冬如何调校眼睛的焦点，眼前众人的脸依然是无法分辨。由于认不清人脸，陈冬显得非常尴尬。

他想说话，但说话的能力还没有完全恢复，只能发出嘶哑的"呀……呀"声。

在他床边的几个人互相对望了一下，都对陈冬的反应感到非常奇怪。

过了好一阵子，陈冬觉得自己的嗓子能发音了，便再次试着说话："燕……燕燕……"

王燕燕惊喜地说："你叫我的名字了吗？阿冬，我在这里，在你旁边，你……你这是怎么了？"

陈冬伸手摸摸王燕燕的脸，那种真实的感觉让他的心里踏实了起来，只不过他眼前依然是模糊一片。王燕燕的脸在他面前宛如隔着一层雾气。

陈冬："现在……我不是在做梦吗？"

医生说："你昏睡了好久，已经一个礼拜了。"

陈冬闭上了眼睛，但他努力嗅着王燕燕身上的香水味道，这种味道让他有安心的感觉。

医生告诉陈冬：“这次的手术非常艰难，你身上一共有两颗子弹，胸部的那颗穿透了身体，但头部的那颗卡在了颅骨内。手术做了五个多钟头才把那颗子弹取出来。大脑受创是难免的。如果你觉得认知方面或者记忆受到影响，请务必告诉我们，我们会再尝试给你适当的治疗，这些是有机会改善的。但总的来说，头部中枪而能够生还，已经是十分幸运了。”

陈冬喃喃地说：“我的……眼睛……我看不清……你的脸……”

在医院的眼科部门里，大夫对陈冬进行了眼科检查。大夫指着最下面的一行字问陈冬是否能看清，陈冬基本上能把每个字符说对。

眼科医生认为陈冬的视力没有问题了。

但是陈冬的脸上却依然愁云密布。他觉得自己还没有完全康复，绝对没有。

检查完视力之后，陈冬回到了自己的病房。他取出手机，查看手机相册里的照片。相册中有很多是他和其他人的合影，然而他看着那些人的照片，却无法看清他们的面容。

面孔，记忆……陈冬抱着自己的头，脑海中再次出现杀手对自己开枪的情景。

这时王燕燕走进了病房，她拿过桌上的苹果，一边削苹果一边慢慢地走到了陈冬的床边。

苹果三下两下削好了，王燕燕将苹果递到了陈冬的手里。陈冬接过苹果，却没有马上吃，他盯着王燕燕手里的刀子，刀子的侧面反映出自己的脸。陈冬放下苹果，对王燕燕说："能帮我把镜子拿过来吗？"

王燕燕把镜子拿过来给陈冬，陈冬看着自己的脸。

镜中自己的脸，看上去仍是模糊不清。但面孔以外的地方，却是清晰的。

陈冬感到困惑，呆坐在那里。

王燕燕问道："对我削的苹果不满意吗？"

陈冬摇摇头，却还是一声不发。王燕燕有点泄气。她对陈冬说："你好好休息，我出去一下。"

她刚要转身，陈冬忽然开口道："燕燕。"

王燕燕还没反应过来，陈冬突然伸手拉住王燕燕，把她拉到身旁，搂进怀里。

王燕燕的心狂跳个不停，心想这是医院，被人看到可怎么好……陈冬这家伙什么时候变得这么大胆了……

陈冬并没有做什么过分的事，只是把头凑近王燕燕，用力嗅她身上的气味，努力记住。王燕燕在陈冬怀里，对男友的这种怪异行为，既担心，又不知所措。

过了良久，陈冬说："如果有一天……你发现我不再是以前那个我，希望你别嫌弃……"

王燕燕温柔地抚着他的额头，说道："怎么会呢。"

第六章　停　职

今天是出院的日子，陈冬独自办好手续，拎着包，来到了警局门口。

正赶上绿灯，迎面走来无数行人，陈冬忽然感到一阵害怕。他低着头穿过大门，朝警局里面走去。

几名警员见陈冬来了，便上前向陈冬打招呼。

“冬哥，回来啦？身体恢复得怎么样了？”

陈冬从声音判断，觉得应该是自己的熟人，但是一看面孔，却是已经牺牲的陶泽……陈冬有点愕然，他冲那人点点头，压抑着自己的惶恐，继续往前走。

陈冬在路上看到的人，无论是穿着警服的还是穿着便装的，无论是开着车的还是步行的，居然都像是陶泽的相貌。

陈冬捂住自己的头，他感觉自己一定没有康复，而且这次落下的“病根”不轻。

陈冬走进办公区域，好在方向感还在，加上凭借对声音的辨认，他一直来到刘队长的办公室，来到刘队长的办公桌前。刘队长正在低头看资料，觉察到有人来了，便抬起头。

“哟，小陈回来了！身体康复得怎么样？”

“还好。”陈冬的声音很低，“那个生还者，有没有给杀手做面部拼图？”

刘队长叹道：“那个崔雨昕说她没有见到杀手的面貌。哦，对了，小陈你没见到杀手吗？你也可以去做啊！”

黑暗中，杀手逐渐凑近的脸，像隔了一层雾气，陈冬努力去回忆，但就是想不起来。

他感觉脑部因为紧张而疼痛了起来。

陈冬艰难地咽下一口口水：“这……当时太暗了，我也……我也没看清……”

“唉……”刘队长叹了一口气，“这么看来这条线索又要断了。真可惜……”

从刘队长的办公室出来后，陈冬想去医院，然而刚走出没几步，就又改了主意，眼下还有更重要的事情要办。

可是，是什么事情呢？

脑子里又一阵天旋地转。陈冬冲进洗手间，剧烈地呕吐了起来。

身体的情况比自己之前预料的还要差。

几经转折，陈冬来到了崔雨昕家的门前。从严格意义上来说，这里只是临时的家，是警方为了保护证人而安排的住处。毕竟现在连环杀手还未归案。

蒋丽欣正在这里负责保护工作。看到陈冬来了，蒋丽欣显得非常高兴。

“陈哥，你来啦！”她热情地对陈冬打着招呼。

尽管眼前人的脸依然看不清楚，但陈冬听出是蒋丽欣的声音，赶紧做出反应。

“小蒋，辛苦你了。”

两人寒暄几句，蒋丽欣开门，将陈冬让进屋内。

只不过，两人都没注意到，在距离不到十米的胡同口，有人盯着他俩的背影，冷笑了一声。

崔雨昕的住处，简直就是一个展示她个人荣誉的博物馆。迎面先是一张“校园最佳辩手”的奖状，随后是摆满了各种奖杯、奖牌的玻璃橱。陈冬粗略估计了一下，崔雨昕平均每年都能拿到四五个奖项，而且体育、文化方面都有涉及。

这是个优秀的女孩，以后一定能为社会进步起到一定的作用。一想到自己救了这样一个人，陈冬感到一丝欣慰。

在背阴的一面墙上，挂着几个相框，其中有一张旧照片，照片中有个小女孩，穿了件较大的连帽牛仔套装，有点衣不称身的感觉。陈冬仔细地端详那张照片，照片里人的面孔，他能较为清晰地辨认出来。蒋丽欣站在陈冬身后，看着陈冬看照片。她觉得这位前辈对这张照片的兴趣显然太高了，已经仔细观察了好几分钟。

此时崔雨昕刚洗完澡，她裹了一件半旧的浴袍，用毛巾擦着头发从浴室走出来。陈冬赶紧转身回避。崔雨昕笑道："没事，别见外，我穿着浴袍呢！是陈哥吧？多谢你当天救了我。"

陈冬不好意思地说："崔小姐，今天冒昧地来打扰一下，你……你……"

陈冬差点儿不敢相信自己的眼睛——他居然能看清楚崔雨昕的相貌。

他擦了擦眼睛，发现这是真的！崔雨昕的面孔不像其他人一样模糊一片。

蒋丽欣悄悄捅了他一下："陈哥，你盯着人家看了好久了……"

陈冬这才回过神来："啊啊……那个，今天是有事儿找您，崔小姐，关于案情，还有一些需要向您了解的……"

崔雨昕沏了一壶茶，三人在茶几前坐了下来。

陈冬说："崔小姐，您还能回忆起那名杀手的外貌吗？"

崔雨昕想了想，说："抱歉，因为我被绑架的时候是被他从背后偷袭的，所以看不清他的样子。等醒来时，已经被关在铁笼里了，而在旁边的另一个铁笼里，还有一个女孩子，她跟我一样，当时都很害怕。"

蒋丽欣说："那是另一名受害者，孙静言。很遗憾，她没能逃出来。"

崔雨昕黯然道："是吗……都怪我，当时我再努力一点儿就好了。"

蒋丽欣忙安慰道："这不怪你，你已经尽力了。"

陈冬盯着崔雨昕的脸，问道："崔小姐，我从谈话记录上看到，你提到绑架你的人只有一个，你肯定只有一个吗？”

崔雨昕想了想，说道：“其实也不能完全肯定，但我有一种感觉，真的感觉只有一个人。”

陈冬说：“那么，那个叫孙静言的女孩，之前有没有告诉你什么特别的事情？”

崔雨昕说：“那个女孩已经处在崩溃的边缘，她当时很惊慌，只不过还有一点点求生的意识在。当时为了逃生，那条线锯是由我来使用的，在我锯锁的过程中，她也对我说了很多鼓励的话……她是个好人……可惜，她最后还是没能逃出来……抱歉……我没能带她出来……”说到这里，崔雨昕忍不住哽咽了起来。

陈冬安慰道：“崔小姐，这不是您的错，您就别自责了。”

崔雨昕调整了一下呼吸，让自己尽快平静下来。

“还好有你们及时赶到，要不然我就要像其他受害人一样死在那里了，谢谢，谢谢你们！”

陈冬说道：“这也不全在我们。也多亏你自己有顽强的意志。跟坏人作斗争，意志力一定要够强！”

此时陈冬的手机响了起来，来电显示，是燕燕打来的，电话屏幕还显示了王燕燕的照片。

蒋丽欣调侃道：“是嫂子吧？”

陈冬不好意思地说：“我出去接个电话，你们先谈着。”随后走到外屋去了。

然而，他这一出去，就跟电话那头说了很久很久。越说越激动，但是竭力压住声音。

蒋丽欣和崔雨昕忍不住停下来，想侧耳倾听，陈冬却回来了。

此时陈冬脸上的表情很尴尬，他说："我……我出去一下，有点儿事情。"

蒋丽欣点点头，陈冬勉强地向崔雨昕挤出个微笑，随后转身出门。

车站外，人群川流不息。陈冬好不容易挤过人群，他看到有个女孩的背影颇似王燕燕，就赶紧走了过去。

"燕燕！"他打招呼，对方没有理会，陈冬绕到那人面前，上下打量那人，那人脸上一片模糊。

"神经病。"那人转身走了。

不是王燕燕的声音，陈冬松了口气，转而继续寻找王燕燕。

王燕燕和几个身高差不多的女孩在一起交谈，每个人都拉着行李箱。

陈冬听到了王燕燕的声音，循声赶到那几个人身边。王燕燕觉察到陈冬到来，便看着他。

陈冬在那几个人面前犹豫不决，他不能确定哪个是王燕燕。他的眼睛在这几个人脸上扫来扫去，但看到的都是一样模糊的面容。

王燕燕有些不高兴地唤道："阿冬。"

陈冬总算能分清哪个是她了，赶紧过去拉住她的手："燕燕，你怎么说走就走？"

"单位安排。"王燕燕的口气有些冷淡。

陈冬激动地把她搂在怀里，王燕燕的同伴们啧啧连声，讪笑着避开，有的还用手机拍照。

王燕燕羞红了脸："大庭广众的，你怎么……怎么耍流氓……"

说归说，却是没有挣脱。

陈冬喃喃地说：“你别走。”

王燕燕对同伴们打了个手势，用口型说：“你们先走，我回头去追你们。”

陈冬将脸埋在她的头发里，贪婪地闻着她头发的香味。

王燕燕试探地问道：“阿冬，你是不是视力下降了？”

陈冬说：“没……没有啊！”

“可我觉得你换了一个人似的，看我的眼神也不像以前了，你是不是心里有了别人？”

陈冬小声说：“你别胡思乱想，我心里只有你一个。”

王燕燕叹了口气，就这么任他抱着。

陈冬觉得自己还应该去一趟医院。他离开王燕燕之后，上了一趟公交车，刚走没两站，忽然车内一阵喧哗，有人喊道：“我钱包丢了！那个人偷我钱包！”

一个年轻人低着头，趁后车门打开的时候迅速蹿出车，站在门口的几个人没来得及抓住他，年轻人随后跳上人行道疾奔。

跟着跳出去的就是陈冬，他认准了小偷的背影和衣服，一口气追了下去。

然而追到前面街拐角处，斜刺里冲出一辆电动车，骑车的是个大块头，招呼小偷上车。看来这俩人是搭档，小偷负责偷东西，大块头负责驾车摆脱追赶。

陈冬跑得气喘吁吁，住院的这段日子他体力锻炼没跟上，不然刚才在半途中就能把小偷给截住了。

他索性喊道：“站住！警察！再不站住就开枪了！”

那两人听到有警察，跑得更快了，大块头把电动车提到高速，灵活地拐进了胡同。

陈冬略微有些泄气，人是跑不过电动车的，他又追了几十米，和电动车之间的距离越来越大，眼看就要跟丢了。

然而这个时候正是下班的时段，某个工厂的大门一开，骑车的员工纷纷从大门内出来了。这条“车流”正好和电动车的前进方向交汇。

只听砰的一声，大块头的车撞上了别的车，他本人从车上滚了下来，小偷也受伤不轻。

陈冬以百米冲刺的速度冲上去，给二人戴上了手铐。他上气不接下气地取出手机，开始通知其他警员过来。

几分钟之后，增援赶到，来增援的同事把两名疑犯押到一辆警车的后座上。此时大局已定，陈冬松了一口气。

一名同事走到陈冬面前，问道：“冬哥，哪个是下手偷包的，哪个是负责驾车的？”

陈冬伸手要指给他，但一下子呆住了。两名疑犯穿的衣服是一样的，身高也差不多。而且，在陈冬的眼中，两人的面容都是模糊不清。

偷包的和驾车的是有区别的，区别是……陈冬捶了一下自己的头，区别是什么来着？怎么一下子想不起来了？

同事用怀疑的眼神看着陈冬。

“我……”陈冬结结巴巴地说，“我得再回忆一下。”

那名同事转身去找其他证人，他朝其他同事挤了挤眼，指了指陈冬。

随后，在指认犯人的过程中，陈冬又出了问题。

两名疑犯的照片被混在其他人的照片中，摆在陈冬面前。

陈冬满头大汗，然而他实在分辨不出到底哪两个人才是疑犯。

在一旁的同事冷冷地看着这一切，并且将这些都一一上报。

上报完了之后，他问陈冬："你确定认不出来是吧？"

陈冬抹了一把冷汗，说："这么做不行，有全身照吗？"

同事不解："要全身照干什么？"

陈冬说："现在只有面部照片，我……我需要能展现他们全身特征的照片。"

同事又拿了一摞照片出来，对陈冬淡淡地说："这次再认不出来就别再勉强了。"

陈冬在照片中搜寻了片刻，找了一张出来。

"这个应该是负责驾车的人，"陈冬说，"他的身材高大，肩很宽，上臂肌肉发达。"

尽管无法辨认那人的面容，但在抓捕的时候，他记住了这人的身体特征。

同事的眉毛往上挑了挑。

过了一会儿，陈冬又挑出一张，说："这个人是负责偷包的，为了能顺利逃走，他经常锻炼跑步，腿部肌肉发达，去检查他的鞋子，应该是双轻便的运动鞋，鞋底磨损很严重。"

他又指了指其他人的照片，说："这些人有八成是坐班的公司白领或公务员之类，身体的锻炼程度不如那两个人，而且穿的衣服、鞋子也不适合跑步，尤其是鞋子，这些人多数都穿着皮鞋，穿皮鞋的人绝对不如穿运动鞋的跑得快。”

随后，陈冬抬起头，忐忑不安地看着同事，问道：“我说对了吗？”

同事上下打量着陈冬，尤其是他的眼睛，这种贴近的观察让陈冬略微有些不自在。看了好久，同事终于说：“你没选错，也没说错。”

他收起照片，一言不发地走出去。

然而在陈冬心里，依然对自己的能力产生了疑虑。

刘队长打电话把陈冬叫到了自己的办公室。

他示意陈冬来到自己的电脑前，然后指着电脑屏幕：“小陈，这些是你之前抓来的罪犯的照片，你能一一把他们的名字说出来吗？”

这些照片都只有脸部。

这次陈冬总不能要求刘队长提供罪犯的全身照了。

陈冬硬着头皮试了几次，没有一次是正确的。

刘队长叹了一口气，说道：“从现在开始，你去办停职手续，然后回去好好休养。要确认身体完全恢复了之后才能回来，而且要有医生开的证明你才可以复职。”

陈冬急道：“头儿，我想跟完这次的案子……”

刘队长一挥手：“没有商量的余地。你今天抓小偷的行为虽然值得表扬，但能抓到也只是运气，就你现在的状态，真正遇上那个连环杀人犯了，说不定还会把自己的命搭上，这么做是为你好！”

陈冬慢慢地转身，向门口走去。

刘队长又喊道:“回来!”

陈冬回头，刘队长说:“把你的枪和证件交出来。”

陈冬把枪和证件放在办公桌上，一言不发转身离去。

第七章　雨夜跟踪

从警局出来之后，陈冬强迫自己开始休息。他去了医院复查，但还是没找到自己的病因。回到家之后他上网翻看了很多关于脑科的医学资料，但是对于自己的情况，他一无所获。

这天王燕燕给他打来电话，邀他去老地方吃饭。

这是一家充满怀旧风格的餐厅，餐厅内没有电灯，每张桌子上都点着蜡烛，镀银的餐具闪闪发亮。陈冬与王燕燕坐在靠窗的座位，这里曾经是陈冬向王燕燕表白的地方。

虽然在这里有美好的回忆，但现在的两人却一直在低头吃东西，彼此沉默。

为了打破沉默，王燕燕把自己面前的菜舀了一勺子，送到陈冬面前。

陈冬却没有吃王燕燕送来的菜，他抬头呆呆地看着王燕燕。此刻王燕燕在他眼中是个模糊的形象。

王燕燕看看陈冬，最后鼓起勇气说话。

“阿冬，你最近是不是工作不顺利？还是你的眼睛……”

陈冬摇头，用坚决的口气说：“工作很顺利。我的眼睛也在恢复中。”

王燕燕鼓起勇气说道：“阿冬，现在的状况，我觉得我应该在这边照顾你，我已经考虑辞职了。”

陈冬一愣，说：“燕燕，你这么想我很感动，但是，你不用辞职，真的。”

王燕燕说：“现在的工作要求我们频繁出差，而我现在对你的身体真的放心不下。虽然你说康复得很好，但是……”

“但是什么？”陈冬很紧张。

王燕燕盯着他看了几秒钟，说道：“但是……你同事打电话给我，跟我说你现在的状况……很异常……”

陈冬放下了筷子：“是谁打给你的？”

王燕燕的声音低了下去：“他们说你已经停职了。没人照顾你的话，我担心……”

陈冬大声逼问道：“是谁打给你的？”

王燕燕忍不住也抬高了声音：“你……你别用这种口气说话好不好？他们也是为了你好！”

邻桌的人向他们这边看了过来。

陈冬只觉得大脑深处一阵阵刺痛，尽管明白人家是好意，但还是压制不住自己，一种不快的感觉从心底升了起来。

“我的生活，要怎么过，该怎么过，还轮不到别人指手画脚。”他的口气恶狠狠的，连他自己都有点儿吃惊。

“可是……我想照顾你，我想……我想在你身边。”王燕燕可怜巴巴地说。

“你有你的事业，你也要成长，不能把你拴在我的身边，那样让我感觉自己是个累赘。”

“可是……”王燕燕还想再说什么。

“没有可是，你是不是故意惹我生气？”陈冬重重地捶了一下桌子，杯子里的酒溅了出来。

王燕燕的眼眶里带着泪花，她站起身，狠狠瞪了陈冬一眼，匆匆地走了。走的时候太急，差点儿撞到服务生身上。

服务生低声问：“先生，有事吗？”

陈冬挥手叫服务生离开。他望着王燕燕离开的背影，不知道自己该不该追上去。

王燕燕的身影消失在门口，陈冬咬了咬牙，拿起桌上的酒杯，一饮而尽。

这个时候，响起了一阵“啪、啪、啪”的声音……是从窗户那边传来的。

陈冬转身一望，只见窗外站着个人，穿了雨衣，戴着兜帽，正在用手指扣打窗户玻璃。陈冬看看身后，再看看窗外的人是否在叫其他人，但餐厅内没有人有反应。陈冬又望向窗外的人，那是一张面目模糊的脸。窗外的人指向陈冬，又指指自己的脸，仿佛在问陈冬是否认得他。

陈冬感到奇怪，想弄清楚是怎么回事，于是叫来服务生结了账，走出餐厅去找那人。

但他走到外面的时候，窗外已经没了那人的踪迹。

陈冬冲过对面马路，辨认服饰，四处寻找，却找不到刚才在餐厅窗前的人。

陈冬站在街头，来来往往的行人匆匆忙忙，不时擦过他的肩。他茫然地走下人行道，两个方向都有汽车驶来。伴随着急刹车的声音，司机刹住了车，车头距离陈冬也不过几公分。

汽车司机将头伸到车外，对着陈冬大骂："走路不长眼睛啊！"后面的汽车司机在不耐烦地鸣笛。一时间大街上变得乱糟糟的。

陈冬踟蹰在街头，不时地四处张望，他不知道刚才那人的出现是真正发生过的，还是自己的幻觉。

回到家中，陈冬失魂落魄，他给王燕燕打了好几个电话，发了好几条信息，说自己刚才是情绪失控，说对不起……然而她都没有回复。

陈冬的心渐渐沉了下去。

难道说这段感情就要这样结束了？

他推开门，家中的各处都有王燕燕留下的痕迹，房间是她收拾的，桌子上有她买来的水果，还有她叠的纸鹤，上面写着"祝君早日康复"。陈冬浑身一颤，拾起纸鹤，一种想哭的感觉涌了上来。

他洗了个热水澡。热气腾腾，浴帘拉开，陈冬围了毛巾走到沾满水汽的镜子前面，用手把镜上的水汽抹走。陈冬见到镜中的自己，也是面目模糊，他突然情绪失控，挥拳把镜子打破。在那些破裂的碎镜子中，陈冬的脸不但模糊，而且支离破碎。

过了好一会儿，他感到手上一阵疼痛，原来，刚才打破镜子时把手划破了。

陈冬包扎好自己的手，把家中所有的窗关上，又拉上窗帘，整个家都变得黑暗起来。

手机发出提示音："收到一条信息。"陈冬激动地拿起电话，却发现不过是推销广告。

失望之余，陈冬关了电话，关了灯，一个人躺在黑暗里。

风吹动窗帘，打在玻璃窗上，啪啦啪啦作响。

窗帘被风顶开，风从窗子的隙缝中直吹进陈冬的房间里。陈冬打了个哆嗦，从梦中惊醒，不知道自己睡了多久，眼见月牙儿已经升到了中天，大地一片寂静。

陈冬打开手机，发现蒋丽欣曾经给他打过几次电话，此外还发来了短信："陈哥，有个微信公众号为了吸引公众注意，曝光了崔雨昕的身份。"附件里有链接，点开链接，是一篇微信长文，题目是：《连环凶杀案唯一生还者曝光》。阅读量已达十万。

"真混账！"陈冬从床上跳了起来，一边穿外套，一边拨电话给蒋丽欣。

崔雨昕的家庭住址已经曝光，接下来恐怕有不利于她的情况，警方迅速安排人转移崔雨昕。

在崔雨昕家门口，两名穿着便衣的警员护送拉着行李箱的崔雨昕，将她接上一辆汽车，然后离开。

车子很快驶离小区，上了通向郊区的路。

开出还没五分钟，前方路况出现问题。由于一辆运货卡车半路抛锚，导致道路被阻。前面已经挡了一排车。

便衣警员驾车停在路旁，下车一看，那辆卡车的司机正在忙着换轮胎，而前面那几辆车的司机都在优哉游哉地看热闹，没人帮忙。

这时候后面又驶来了几辆车，将退路堵死了。

“我去帮他一下，赶紧换好轮胎，前面的路就通了。”这名警员跟自己的同事说了一声，然后快步前往卡车的方向。

一个骑摩托车、戴着头盔的小哥慢悠悠地穿过动弹不得的汽车长龙，这小哥的上衣后面带着某家快递公司的LOGO，车后面是巨大的背囊，看来是个送快递的。他一面摁着喇叭提醒前面的车注意，一边灵活地穿过车辆间的缝隙。

这小哥已经慢慢地靠近了崔雨昕所在的汽车，忽然他单手持车把，另一只手从怀里掏出一把枪。那是一把警用手枪。

这人在车前骤然停住，拉开门，将枪口指向车内！

然而，车内并没有崔雨昕的影子，坐在后排的，是代替崔雨昕的蒋丽欣。

在快递员举枪的同时，蒋丽欣也拔枪在手，双方同时将枪口对准对方，时间也不过在同一秒内，真的是电光火石。

快递员似乎愣了一下，随后开枪射击。蒋丽欣抢在他之前开枪，子弹擦过快递员的头盔，头盔破裂，巨大的冲击力让快递员往后连退数步，快递员的头一歪，哼了一声，似乎受了伤。

然而，他那一枪也打在了蒋丽欣身上。弹头强大的动能使得蒋丽欣整个人缩进座位里。

快递员一枪得手，正要再补一枪，这时前座的警员已经拔枪在手，正在向他瞄准；之前去帮忙换车胎的便衣警员也一边拔枪一边朝这边赶来。

快递员扭头就跑，摩托车也不要了。

前座的警员推开车门，正要向快递员射击。然而周围有人从车内出来看热闹，挡在他和快递员之间，他没法子开枪。“快闪开！我要开枪了！”警员高喊。然而看热闹的人依然在发蒙，不知道在说自己。警员气得差点儿跳起来。

眼看快递员就要跑远了，这时却有人冲过来，将他拦腰抱住。

将他抱住的人正是陈冬。

陈冬马不停蹄赶到这里，看到有人持枪射击，凭着对身影的回忆，以及对现场的判断，他认定这是当日袭击自己的连环杀手。

连环杀手急中生智，甩掉了快递员的外套，连同陈冬一起甩脱，随后跳过马路的围栏，向远处飞奔。

陈冬习惯性地伸手掏枪，却掏了个空，这才想起自己已经把枪上交了。他一发狠，朝着连环杀手逃窜的方向紧追了下去。

蒋丽欣摇摇晃晃地走出车子，她刚才虽然中了一枪，而且打在胸口的位置，但并没有受伤——之前她早有准备，穿了防弹衣。

陈冬和杀手在人行道上你追我赶，杀手依靠自己身体灵活，不停地选择一些带有障碍的诸如护栏、矮墙之类的地方翻越，企图摆脱陈冬，而此时的陈冬虽然大脑还没恢复正常，身体却已经休养过来了。一时之间也摆脱不掉。

杀手急了眼，干脆跳下人行道，眼看有位行人骑着电动自行车经过，他冲过去把车主打下车，然后上了车开始加速。

陈冬无奈，看到路边有个孩子骑着自行车路过，冲过去边喘气边说：“劳驾，我是警察，借你车子用用，我追前面那个坏人。”

那孩子看到了杀手抢电动自行车的一幕，二话没说，把自行车交给陈冬。

陈冬感激地冲他一笑，随后跳上自行车，开始猛追。

杀手本以为自己这电动自行车可以跑赢，没想到这是一辆经过限速处理的车——根据市内最新的管理条例，电动自行车最高时速不得超过二十五公里。而陈冬借来的那辆车却是辆轻便的弯道赛车，比一般的自行车要快得多。在陈冬的发狠猛追之下，二者的距离在逐渐拉近。

杀手从那破裂的头盔中往外淌着血，他刚才被蒋丽欣的子弹打中了脸，伤得不轻。而陈冬在身后穷追不舍，越紧张越让他流血流得快。

两人跑出去十多里地，距离只剩下几十米远。此处已是市郊的山路。陈冬的体力也要跟不上了。他鼓足全身剩余的力气，开始最后的加速。

连环杀手转身一望，见到陈冬正在追来，他一咬牙，在前面一处路口来了个急转弯……然而，他太着急了，没有看清路口处的警示牌——前方道路因泥石流损坏，请绕行。

杀手的电动自行车刚拐弯就开始狂颠，泥石流冲下来的石子和垃圾布满了路面。杀手一个操纵不当，电动自行车侧翻。杀手来不及弃车，被电动自行车拖曳着，顺着泥泞的路面，向着斜坡滑下去。

陈冬骑车追至路口，小心地停住了车，然后向下张望……只见下面雾蒙蒙一片，并无人影，连环杀手不知去向。

身后传来了汽车马达声，是蒋丽欣和另外两名警员驾车追上来了。蒋丽欣下了车，走到陈冬身旁，问道：“陈哥，你没事吧？”

陈冬答道："没事儿，你呢？"

"穿了防弹衣，没事儿。"蒋丽欣拍拍自己的胸口，"对了，听了您的指点，我们让便衣护送崔雨昕去了另一层楼，她根本没出那座楼。刚刚确认过，她那边很安全。"

陈冬长长出了口气，说："一会儿派人下去看看，如果那杀手死在下面了，咱们至少要把尸体找到。"

两个小时后，蒋丽欣陪着陈冬来到了崔雨昕藏身的房间，两名武装警员在这里负责保护崔雨昕。

那两名警员都认识陈冬，一见他来了，便上前打招呼。

"陈哥，您出的这主意不错，抓到犯人了没？"

陈冬遗憾地说："可惜了，山坡下没找到那小子的踪迹，只有一辆摔坏的车子。"

蒋丽欣补充道："不过，至少把那家伙抢走的警枪找回来了，那家伙以后再也不能持枪伤人了。"

陈冬说："这也多亏了你，丽欣，你立下大功了。"

蒋丽欣不好意思地低下了头，脸上飞上两抹红云。

"陈哥是来看望证人的。"她对那两名警员说。

那两名警员把陈冬和蒋丽欣让进客厅。

崔雨昕正抱着个保温杯坐在沙发上，看到陈冬进来，赶紧站了起来。

"没事儿，坐。"陈冬自己大大咧咧地先坐了下来。

崔雨昕给陈冬倒了一杯茶，说："陈警官，多谢您了，您这等于救了我两次了。"

陈冬不好意思地接过茶杯，说："这都是我们应该做的，您不用客气。"

崔雨昕说："我听他们说你去休假了，这段日子没有上班？"

陈冬一怔："哦……你……你也知道了啊……"

崔雨昕说："其实冬哥你做事很认真，就是太拼了，太拼的人都会吃亏的，你以后要对自己好一些。"

陈冬凝视着崔雨昕的脸，所有身边的人，面孔都是模糊的，唯有崔雨昕的脸清晰无比，他忽然产生了一种奇怪的感觉，感觉自己命中注定要和这个女人邂逅……

他压下了那种奇怪的想法，检查了一下房间，然后对崔雨昕说："崔小姐，我觉得这个房间是安全的，小蒋和其他两位同事在这里陪你，请你放心吧。"

蒋丽欣说："之前那个微信公众号，我们和它的运营方取得了联系，运营方说文章是从一个匿名的邮箱发来的，没有朝他们要稿费，而他们为了博公众眼球，就采用了那篇文章。现在他们已经把文章撤掉了。我已经通知技术人员，查那个邮箱的使用者是谁。"

陈冬点头："这儿已经没我什么事儿了，告辞了。"

崔雨昕急道："你不能走。"

陈冬错愕。

崔雨昕说："你救了我，我也必须帮你一点儿忙才行。我大致上已经知道你的状况了，我想帮你。"

陈冬说："谢谢你的好意了，我觉得我可以应付得来。"

崔雨昕叹道："你现在的想法，也就是问题成因的一部分。那些自认为坚强的人，以为不开心是自己的事，也不愿意和别人沟通，就像在一把锁上再上锁，再上锁。所以，久而久之，连他自己也弄不清该先开哪把锁。这样就成了心结，心结会导致一些心理问题的产生。抱歉，我是学心理学的，不由自主地就把你当成分析对象了。”

陈冬说：“我觉得你说得没错。谢谢你的分析。”

崔雨昕说：“我记得你是有女朋友的吧，你现在这个样子，也或多或少会影响到她的。”

陈冬叹了口气：“这个……不会了，我们已经不在一起了。”

崔雨昕问：“是说你们分开了吗？”

陈冬点头。

“为什么？你是怕自己拖累她吗？”崔雨昕好奇地问道。

陈冬说：“嗯，可以这样说。”

两人开始聊天。崔雨昕显然对沟通很有心得。不知不觉间，陈冬已经开始信任崔雨昕，把她当作知心朋友。

崔雨昕问陈冬：“你们的分手，是不是在你心里加了一把锁？”

陈冬沉默了，他低下头，轻轻抿了一口茶。

然后他转过头对蒋丽欣说：“丽欣，我有话对崔小姐说，你能不能……”

蒋丽欣脸上露出了一丝不快，但她没说什么，起身出去了。

陈冬凑到崔雨昕面前，低声说：“我觉得我犯了一种病，而且是很厉害的病，我想……我想请你保守秘密。”

崔雨昕说：“您是我的救命恩人啊，如果我把恩人的事泄露出去，肯定会不得好死。”

陈冬取出了手机，用手机开了一个网页，他把手机交到崔雨昕手里，说："我怀疑自己患上了这种病。"

网页是关于一种疾病的介绍。

那上面写着——脸盲症，即面部辨识能力障碍，这种病一般认为是因天生或后天的脑部损坏，或因染色体显性遗传或事故伤害，失去识辨人面容的能力，可分不同程度……也有人因为心理原因产生脸盲症的症状……

陈冬说："这个病，应该是从我中枪之后开始的，我本来以为病情会慢慢好转，但是，到现在……我……"

崔雨昕看着他的眼睛："这么说来，陈警官，你一直在对别人隐瞒你的病情吗？"

陈冬点头道："是的，可惜并不成功。"

崔雨昕问："那你见到的人的脸，是怎样的呢？"

陈冬答道："我能看到每个人的面孔，但却都是模糊的一片。"

崔雨昕说："那你见到我的脸，也是这样的吗？"

陈冬说："奇怪的是，我可以清楚看到你脸上的细节……不过只有你一个人我能看清。"

崔雨昕说："啊？那么看来，我的脸对你有特别的意义。"

陈冬有点儿迷茫地说："其实，之前我还见到被杀同事的脸，出现在了其他同事的脸上。"

崔雨昕点头道："我猜，这是因为你脑部受伤前，最后见到的两张脸，就是我和他的脸。"

陈冬说："嗯，我也是这么想的。"

崔雨昕问："对了，你可以拼出凶手的脸吗？"

陈冬摇头。

崔雨昕说："你认不出凶手的脸，但凶手认得你。我觉得你的处境比我更危险。凶手随时会在我们身旁出现，我有人保护，但你没有。"

陈冬沉默。

崔雨昕说："我替你找找，看有没有更多脸盲症的资料。无论如何，你要积极面对你的困境。我之所以是连环杀手凶案的唯一生还者，是因为我不轻易放弃生命。就当是我恳求你，听听我的意见。"

陈冬点头。

崔雨昕回到自己房间翻找了一下，找出来一张名片。

"我觉得这个人能帮你。"她说。

名片上写着：严道森，市第一脑科医院副院长，脑神经科医学博士、犯罪心理学博士。

陈冬的心狂跳了几下，这个严道森，不就是……

崔雨昕说："要不要我帮你约时间？这人很有来头，据说还担任过警方的心理学顾问。"

陈冬说："我来吧。"他给名片上严道森的电子邮箱发了邮件，几分钟后手机通知他收到了回信。

回信的内容是："陈冬先生，明天上午十点，请您到市第一脑科医院。直接来我的办公室就好。祝您顺利。——严道森。"

和崔雨昕分开后，陈冬陷入了对往事的回忆中。

严道森，其实也算是老相识，而且算是让陈冬走进这个行当的领路人。

很多年前的一个清晨，尚在大学读书的陈冬窝在被子里，睡得正香，他梦到自己成了名侦探，好多记者来采访他，把他围在中间，闪光灯咔嚓咔嚓地响个不停……

“当当当！”一阵急促的噪声传来。

陈冬只觉得头疼欲裂，睁眼一看，只见一个男生出现在面前，正拿扫帚使劲敲着床边。

“洪大海，你疯了？”陈冬捂着头坐了起来。

洪大海笑着说：“别嫌我烦，你待会儿就得感谢我了，现在我可给你带来了个好消息啊！”

“什么好消息？”

“著名的犯罪心理学教授——严道森先生来了！他要在咱们学院的报告厅作演讲，大家都可以去听的！”

陈冬用最快的速度起床穿衣服。严道森先生是他的偶像，陈冬也正是因为他而选择了这所学校。严道森在警界和心理学领域都非常出名，尤其擅长将心理学、医学知识运用到案件的侦破中，很多警员在遇到棘手的案子时，都向严道森咨询过。

陈冬一直想拜访严道森，但严道森太忙，一年到头都在各地忙碌，协助警方破案。今天他能来这里作演讲，真是太幸运了。

“相机！录音笔！把能带的都带上！整个演讲的过程都要录下来！”陈冬慌手忙脚地拾掇着，洪大海嘴上挂着坏笑在一边看，陈冬大吼：“怎么不来帮忙啊？”

“你那么着急干吗？严教授下午才会来呢。”洪大海摊摊手道。

陈冬脸红脖子粗，但又拿洪大海没辙。

下午两点，两人直奔报告厅，大厅外面已经排起了长龙，洪大海一吐舌头：“真没想到会有这么多人来！”

陈冬伸脖子朝大厅门口看了看道：“真新鲜啊，竟然多了不少警卫给人们做安检呢。门口还多了一道金属检测门。”

如果说是学术演讲的话，也未免太特殊了吧！

旁边有个师兄模样的人说：“你们不知道吗？严道森教授协助警方把‘黑枪’的几名成员定罪了，‘黑枪’是有名的跨国犯罪集团，扬言要报复严教授。警方劝严教授尽量不要在公开场合露面的，可严教授执意要办这场演讲。”

陈冬问：“为什么？这场演讲对他来说很重要？”

那人说：“严教授说，邪恶力量越嚣张，越不能对之屈服，否则对方会更加嚣张的。”

“倔强的人。”陈冬点点头。

安检进行得十分慢，好不容易轮到陈冬和洪大海，站在安检门旁边的人让他们把相机和录音笔等东西交出来。

“为什么！”洪大海抗议，“没有这些东西，我怎么把演讲录下来！”

“所有的金属制品都不准带进去。”那人说。

洪大海无可奈何地把东西交出去，那人安慰道：“报告结束后可以领回。报告厅里会有视频网站的人专门录制，到时候你们可以从网上下载的。”

洪大海依依不舍地看着自己的相机，如同生离死别。那玩意儿是他朋友送的，有特殊的意义。

那人见他不走，说：“难道你还怕我带着你的相机走掉吗？”

陈冬一拍洪大海的肩：“走吧，这人是警察，不会拿着你的相机跑路的。”

那人好奇地问：“小同学，你怎么知道我是警察啊？”

“你腰里别的枪是标准的92式警用手枪，枪套上还有警徽，就算我是近视眼也能看到啊。”陈冬答道。

那人赞道：“好眼力！”

此时后面排队的人早已等得不耐烦了，开始催促。

那警察说：“先进去吧。出场之后找我领东西，我姓刘。叫我刘哥就行。”

“好。”陈冬一拉洪大海的袖子，二人进场。

大厅里早已坐了不少人，两人找了个靠前的位置坐了下来。

一名摄影师扛着摄影设备走进大厅，衣服上鲜明的“某某网站”的字样颇为扎眼，洪大海捅了捅陈冬说：“咱俩挑这么靠前的位置一定没错，说不定还能上镜头呢！”

又过了几分钟，进场结束了，报告厅里几乎爆满。有人来到陈冬身边问：“能不能让一让啊？我的座位在里面呢。”

陈冬一抬头，只见那人正是刚才那姓刘的警察。

他朝旁边让了让，那人便在内侧的位置上坐了下来。陈冬这才注意到，原来这一排里，除了洪大海和自己，坐的都是警员。

他低声问那人：“你们是不是来保护严教授的？”

“不是，其实大多数人是来听讲的。”刘哥解释，“严教授的讲座每次都让人受益匪浅啊！”

门口忽然起了一阵骚动，只见一群穿西装的人簇拥着一个金发碧眼的外国人走进大厅。

刘哥的嘴角扬了起来：“那是美国一家特殊器材公司的BOSS，听说他一直想拉拢严教授去他那里效力。”

“如此严肃的学术报告怎么会让这种人进来！”洪大海撇着嘴说。

“本院的学术报告会向来是对外公开的，来者不拒，甚至，有不同意见者都可以在报告会上与作报告者公开辩论。”陈冬耸了耸肩，“只要不是刻意来闹事的，都可以进来。”

“那帮人是谁？”洪大海指着那老板身边一大帮穿黑西装的人。

“MIB。”刘哥说。

“麻省理工学院？”（麻省理工学院缩写为MIT）

“不，黑衣人的缩写。man in black嘛。”刘哥幽默地说，“那老板走动都带着一帮穿黑西装的贴身保镖，显示自己与众不同的身份，国外记者戏称他们为MIB。”

这时，一个穿便装的小伙子急匆匆来到刘哥跟前，悄声说：“刘哥，那帮保镖都是带着枪的，您看……”

刘哥一挥手：“不必管他们，这帮人跟美国政府关系很好，既然来到这里，就算咱们的座上客，只要他们不闹事，咱们也别搭理他们。”

“明白。”小伙子匆匆退下。

陈冬好奇地问：“这人是谁啊？”

“是我的同事。这报告厅里有不少我们的人，都穿着便装来的。

上面有指示，严教授这样的‘国宝级’人物在这儿，我们是千万不能大意的。”

外国人进了大厅之后径直向着前面这几排走来。

刘哥一皱眉，前面的位置已经不多，如果那帮人非要坐前排，必须有人让座。那帮人趾高气扬让人望而生厌，应该不会有人把座位让出来。

那老板在众人簇拥之下走了过来，和刘哥打了个照面。

“Hi，刘哥。”那老板皮笑肉不笑地摆了摆手，用生硬的普通话说道，“幸会幸会！”

刘哥本来想躲，但是已经来不及了，便强笑道：“Hi，兰德罗先生。”

“上次的事，多蒙关照，回头一定会重重报答你！”兰德罗在“关照”和“重重报答”几个字上加了重音，也不知是他国语说不好，还是刻意这么说。

“不必客气。”刘哥憨笑着点头。兰德罗大手一挥，带着那帮保镖往前走了。最前面有人起身给他让座，兰德罗也没道谢，大大咧咧地坐下。那帮保镖却没位可坐，就只好贴着墙站着，整个墙边都站满了“MIB”，就像是被染上了一层黑色。

“真碍眼啊！”洪大海嘟囔道。

陈冬问刘哥：“您和这老板认识？”

“我们岂止认识，还打过交道呢。这个人入境后擅自在野外打猎，结果被我们的同事拘留。此事惊动了大使馆，不过最后总算给他们面子，把这小子释放了，然而我没收了他的猎枪以示惩戒。”

“赞！不过你要小心哦，看样子他想对你不利。”

“咱们中国人有句老话：强龙不压地头蛇嘛，更何况我身正不怕影子斜，如果光明正大地挑战，我才不怕呢！”

此时有人大步流星走上了讲台，是学院的院长，院长先清了清嗓子，然后对着话筒说道：“请大家静一静。欢迎光临本校。今天为大家作演讲的，是心理学方面的泰斗——严道森教授，大家鼓掌欢迎！”

一时间台下众人不约而同地站了起来，热烈鼓掌。

掌声中，一位风度翩翩的男性缓步上台，他先是对台下诸人行了个礼，然后站到了讲台上，这人正是严道森。

严道森穿了一件休闲装，显得并不古板，他说：“刚才入场时，我才知道今天有网站的同志过来录制视频，所以坐在前排的人有可能会被拍下来。在此我善意地提示，假如前排有哪位先生是通缉犯，那么可以坐到后排，这样就可以避免上镜头了。”

一片笑声响起，大多数观众都没想到，严教授是如此风趣幽默，于是报告厅里的紧张气氛一扫而光。

“今天我演讲的题目是——医学对现代刑侦的影响。请开一下幻灯。”严教授取出激光笔，用光点在幕布上指点。

“在很久以前警方破案就离不开医生的协助了，无论是药剂学、毒物学还是血清学，包括心理肖像和脸部复刻，这些在侦破案件中经常用到的技术其实都是从医学领域中演化而来……”

洪大海全神贯注，一字不漏地记着，仿佛一台人肉记录仪。陈冬听了片刻，觉得严教授的报告里术语很多，而且有的地方听不懂，兴趣就比刚开始的时候降低了一些。他偶尔一扭头，看到刘哥正在扫视听报告的人，就低声问道："刘哥，你觉得'黑枪'会不会真的来找严教授报复？"

"'黑枪'向来是有仇必报而且说到做到的。他们既然敢公开挑衅就一定会找上门来的。"刘哥的声音里透出一丝紧张，"其实，今天的演讲真的不错，不过一想到人群里有可能藏着歹徒，我就完全没心思听了。"

"那你猜罪犯会是什么样子呢？"

"要是知道是什么样子，我早上去逮啦！"刘哥没好气地说，"'黑枪'的人，向来都是来无影去无踪的，而且都善于化装易容，混在普通人里根本认不出。"

陈冬的心悬了起来，照刘哥的说法，今天的情况可以说非常凶险。他带着一丝侥幸心理问刘哥："不是带了好多人进来了吗？这会对犯罪分子产生心理威慑的吧？"

"这些对一般的人是有用的，不过在真正的杀手面前，效果就有限了。'黑枪'的人，个个都很顽强，而且老奸巨猾不易对付。上回如果不是严教授出面，是绝对无法将他们的人定罪的。"

他正说着，只见有人从座位上站起身，刘哥紧张地将手伸向枪套里的枪。

不过那人只是去洗手间的，刘哥轻轻把手缩了回来，擦了擦脑门上的汗。

看到这情形，陈冬觉得后背起了层鸡皮疙瘩，心想，说不定一会儿就要真刀真枪干起来了吧！

他问刘哥："都这么危险了，你们不让严教授来不就行了？"

刘哥摇头，示意认真听演讲。

“时至今日，血流的速度，心跳的快慢，体温的变化，这些都可以帮助我们找到真凶。”严教授在台上越说越起劲儿，“请把灯光调暗一些好吗？接下来我要给大家放一组视频。”

灯光暗下去了，刘哥却攥紧了拳头：“糟糕，老严大概是放松警惕了吧，报告厅里现在一团漆黑，要是凶手想下手的话，现在再合适不过了！”

正在这时，陈冬听到“当啷”一声响，这是有人离开座椅时发出的声音。

那声音似乎是从后方发出的，陈冬扭脸向后看却什么都看不到，黑暗笼罩着大厅，严教授所在的位置因为银幕反射而显得一片光亮。

“从视频上我们可以看出，蓄意杀人完全可以避免，可以从罪犯的表情、动作或其他方面的表现将其与其他人区别开来。”严教授已经有些忘我，没有用激光笔，而是踮起脚，用手去指幕布上的投影。

洪大海坐在靠近中间过道的位置上，他只觉得刚才有人擦了下自己的胳膊，走了过去。正聚精会神听讲的他非常不高兴，便低声埋怨起来。

刘哥注意到有人通过过道向前走，便警觉地站起身。只见那人慢慢前进数步，从口袋里掏出什么东西来，然后抬起手……

刘哥一跃而起，紧紧扳住那人的胳膊，那人拼命想把他甩开。

刘哥和那人厮打起来，混乱中，那人手里的东西喷出一团火光，正在演讲的严教授浑身一震，捂着胸慢慢倒在了台上。

座席上跃起了无数影子，朝着过道那边扑去。整个大厅里顿时乱成一片。

刘哥高声喊道："大家别慌，都别动！回到原来位置上去！快开灯！"

此时混乱的人群根本无法控制了，人们就像滚开的热粥一般沸腾着向门口涌去，报告厅的门被撞得砰砰响。

忽然，大厅里的灯亮了，只见刘哥气急败坏地伏在地上，嘴上带着血，鞋都被别人踩掉了。

"可恶！本来都抓住那家伙了，结果被挤过来的人群冲开了！"刘哥狠狠地捶了一下地板。

同事们把刘哥扶了起来，他抽出枪吼道："所有人都不许动！"

枪比什么语言都更具说服力，大厅里立刻变得安静下来。

刘哥将嘴角的血擦去，跑上讲台，严教授正倒在那里，刘哥俯下身子，关切地问他："老严，怎么样？"

严教授睁开眼睛，颤抖着说："好大的力道，还好我穿了防弹衣。"

严教授撩开休闲装，他那宽大的衣服里面原来穿了件防弹衣，在防弹衣正中央的位置上，嵌了一颗弹头。

严教授晃晃悠悠站了起来，对刘哥说："现在，该轮到咱们看看凶手的真面目了，希望你听了我的话，把报告厅的出入口都封起来了。"

原来，这是一个将计就计、引蛇出洞的圈套。为了抓到更多"黑枪"的人，严教授请愿让自己充当诱饵，吸引"黑枪"的人来袭击自己。

此时大厅内有数百人，即便除去警察，剩下的也有三百多人。

刘哥沉思片刻道：“从犯罪行为学角度来说，有预谋的枪击案案犯有百分之九十是十七岁到四十九岁的男性，如果以此划定范围的话，能去掉多少人呢？”

他的同事忙了片刻，苦着脸说道：“并不能去掉多少，这次的学术报告是在大学里进行的，来听报告的大多数都是年轻学生。”

“你能去掉多少就去掉多少！”刘哥大手一挥。

过了半小时之后，警员们将十七岁到四十九岁的男性留在大厅内，其他的都被送到别的房间。

“送走的大都是女生和年纪较大的男性教师。”

刘哥点头道：“那个和我搏斗的人可能是青年或中年男性，那人的力气不小，大家再把身体看起来瘦弱的人分出去，剩下的人列一份名单！”

之前那同事忽然为难地凑到他耳边低声道：“兰德罗今年四十八岁，刚才没让他走，不过他一直吵吵嚷嚷的，说再不放他走他就要把大使叫来。是不是先放了他？”

“先放他走？凭什么啊！”刘哥瞪着眼说，“这小子有过非法持枪的记录，刚才还威胁过警员，仅仅凭这两条就够让他当头号嫌犯了。兰德罗不是还说要‘好好报答’我吗？就请他多坐会儿。今天高温，出去会中暑，大厅里正好有空调，那小子该谢我才对。”

同事嘴角露出一丝笑意，点了下头，然后去办自己的事了。

陈冬和洪大海一直站在刘哥旁边，俩人没事可做，凑过来看警方办案，他们看了刘哥的办事方式，暗中点头：“国内警察其实办事挺牛的。”

刘哥沉思了片刻，忽然扭头问他俩：“你们觉得凶手为什么要凑近了向教授开枪？难道他不能坐在自己位置上开枪？大费周章沿着过道前进一段距离再开枪不是很危险吗？假如坐在他原来的位置上，那么开枪之后就可以趁乱逃走了，前进之后再开枪的话很容易暴露，刚才在他开枪之前我就扑上去了。”

陈冬和洪大海一怔：“你是警察，专业的问题应该我们问你才对吧。”

“换个角度思考有时可以提供更多破案的思路。”刘哥一笑，“这也是严教授告诉我的。”

陈冬低头想了想道：“我就觉得有一点很奇怪啊，那个枪击犯是如何把枪带进来的呢？”

“什么？”刘哥似乎没听明白。

陈冬道：“在门口有安检设施，此外还有警方安排专人搜身，疑犯是很难把枪和子弹带进来的啊！”

刘哥眼睛一亮，叫来了一个同事：“你去叫几个人，然后安排大家做硝烟检测。”

洪大海不解，问：“什么是硝烟检测啊？”

刘哥解释：“在开枪后，枪口喷出来的火药气体会喷到持枪者身上，除非那人采取了特殊方法，比如洗澡、把衣服换洗掉，要不然火药气体的残留物会在他身上存留很长一段时间。陈冬刚才的话提醒了我，假如罪犯能通过金属检测的话，就很有可能是采用了塑料或陶瓷材质做成的枪。这两种枪都是杀手们为了躲过安检而特制的，其材质可以避过金属探测门，不过它们的缺点和金属枪一样，那就是会露出火药气体。小巧的塑料枪可以容纳一两发子弹，在必要时可以藏进鞋跟——当时我们真该剖开每个人的鞋跟看看。”

“现在看也来得及。查一下谁的鞋跟被剖开了就行。”

“那只是打个比方，那么小的枪其实藏在身上任何一处都是可以的。不过枪小了就要舍弃一些能力，比如有效射程就比普通枪要短很多，并且不易瞄准，要是用它射击的话就必须离目标近一些才可以。”

警员们从外面的车里抬进几只箱子，里面装的是试剂和特制棉球。他们将试剂涂在人们手上进行检测。

严教授走了过来：“小刘，进行得怎么样了？”

刘哥说：“已经将嫌犯的范围缩小了，正在做硝烟检测。”

此时在大厅里巡视的警察将一件东西递过来，那是个黑色小圆筒，外形像个袖珍手电。

严教授叹了口气说：“意大利黑手党为刺杀所搞出来的塑料枪。还真荣幸啊，派来杀我的人竟然用的是进口高级货。”

“请别拿自己的性命开玩笑。我们这帮人可是为你捏着一把汗！”刘哥戴上手套小心地检查着那把枪，从枪膛里取出一枚金属弹壳来，然后又用镊子取下几根纤维。

刘哥问严教授：“你怎么看？”

“没看错的话应该是9毫米口径NATO手枪弹（北约制式手枪弹），既然能躲过安检，就是在前几天藏在这里的吧，为了方便取用，这屋里不止一处藏了子弹。”

刘哥点头道：“这些纤维估计来自丝巾或衣服，罪犯在开枪之后用它擦掉指纹，在仓皇之中留下了这些纤维。”

有警员凑上来问道：“要不要把每个人的衣服都取一段样本来核对？”

刘哥摇头道："那太麻烦，需要很长时间，而我们最多把这些人再留两个小时。"他朝兰德罗那边努了努嘴，"眼下那小子正在和大使馆通话，假如大使馆向我们抗议，那么我们就关不住他了，这小子一走，那么其他人也都留不住。"

"我们就必须提高效率。"严教授抚了抚前胸，那被枪弹击中的地方依然在痛。

刘哥问："你要不要休息一下呢？"

"不用，早点找出开枪的人，我才能安心啊！"

硝烟检测正在有条不紊地进行，严教授忽然道："万一那东西不是用来擦指纹的呢？"

刘哥的面色一变。

严教授说："假如用丝巾将枪层层包裹起来，会不会减少喷到身上的火药气体呢？"

刘哥额头上冒出了汗："也不是没这个可能，塑料枪本身就很小的，容易包裹，假如再加装小型消焰器的话……"

严教授问道："刚才和你搏斗的那个人，有没有戴手套呢？"

"这个……那时候……"刘哥回忆道，"那时候我扭住了他的肩，然后将他按倒在地上，在这期间没有碰到他的手。"

刘哥双眉紧锁："这么看来，即使做硝烟检测，也有可能检测不出凶手吧……"

严教授忙道："就算只有百分之一的可能性也要试试看。其实用丝巾包裹也未必能完全阻止火药气体喷出，并且那人开枪的时候，枪口曾喷出火光来，说明没有安消焰器。"

这时刘哥的手机响起，他接了电话，脸上的表情变得更加严肃了。

在他挂掉电话之后，严教授问："怎么了？"

"使馆的人已经向警方提出要求了，兰德罗和他的保镖必须在两小时内离开这儿，但他们是重要嫌疑人……"

"硝烟测试能不能加快速度呢？"教授焦急地看了看表，"现在还有多少人没做测试呢？"

"现在做完测试的人还不足两成。照这样下去恐怕五个小时都做不完啊！"

"那么优先给兰德罗的人做！"

"恐怕也来不及啊，他带来的保镖太多！"

最终刘哥还是决定优先给兰德罗等人做检测。

就在他们忙碌的同时，洪大海和陈冬来到了讲台。

洪大海的目的很简单：严教授把一沓讲话稿忘在讲台上面，因为今天的报告只进行了一半，他急于知道稿子上剩下的内容。

大海跑到讲台上翻看讲话稿，陈冬站在他身旁，扫视着台下。忽然，陈冬想起了什么……

然后他走下讲台，来到刘哥面前，刘哥正指挥警察们做硝烟测试，忙得不可开交，看到他走过来，没好气地说："想要回相机吗？能不能等我忙完了再说？"

"倒不是为那个，有个很简单的办法，可以把嫌犯找到。"

"什么？"

陈冬解释道："当枪击发生前，我听到有人离开自己的座位，如果我都能听到，那么那人的邻座也应该能听到啊！"

刘哥眼睛一亮："我明白你的意思了！开枪的人为了进入有效射程，必须离严教授近一些，因此他要离开自己的座位走上过道，这么大动静，邻座不可能不知道的！"

他对人群喊道："静一静，现在我问个问题，枪击发生前，有谁听到自己的邻座站起来了？"

此时有三个人举手。刘哥点头示意这几个人出列。

"假如事情能提前解决，那么大家都可以早点回家了。"刘哥说，"你们记得自己邻座的样子吗？"

三个人中有两个表示记得，一个高个子的男生从人群中指认出自己的邻座。警员为他做了硝烟测试，不过没有反应。

第二个是中年人，他表示很为难："我记得我右手边有人站了起来，上了中央的过道，不过我不记得他的样子了。"

刘哥问校方的管理员："报告厅里有没有监视器呢？调一下当时的录像。"

那管理人员为难地说："抱歉，这里是学校报告厅，没安装监控系统。"

刘哥暗叫糟糕。好不容易找到的一条线索又被掐断了。

这时洪大海气喘吁吁地跑过来："我知道哪里有录像。"然后他指了指网站的摄影师："在学术报告开始之前，那人为了试机，就先用摄像机扫了下大厅，扫的是全景……"

刘哥大步流星地向那摄影师走去。

几分钟后，摄影机内的录像被调了出来，只见坐在那中年人旁边的，是个穿牛仔裤和方格衬衫、戴着棒球帽的人，背后还背着绿色帆布书包。那人把帽檐拉得很低，似乎是为了遮挡自己的脸。

刘哥下令："寻找一个穿方格衬衫、牛仔裤，戴棒球帽的人！"

之后他的同事们表示，大厅里没有发现这样的人。

穿牛仔裤的人倒不少，不过在这些人中，没人穿方格衬衫，戴棒球帽子的。

严教授在人群里走了几步，忽然一笑，然后拍了拍一个年轻人的肩，年轻人一愣。严教授说："小伙子，动作够快的啊。"

那人不解："够快？什么意思？"

严教授微笑道："倒是很会演戏啊，请跟我来一下。"

年轻人被严教授领到刘哥面前，严教授对警官说："这就是你要找的嫌犯。"

刘哥打量着面前的年轻人，只见他下半身倒是穿了件牛仔裤，手里拎着书包，不过上半身穿的却是白色短袖T恤，另外也没戴帽子，书包也是黄色的。

"老严，你是不是搞错了啊？"刘哥狐疑道。

严教授笑道："你脑子里装的还是穿方格衬衣的人吗？我给你变出来。"

他把那年轻人的书包抢在手里，变魔术似的从里面翻出一件衬衣，一顶帽子，接着，他把书包的衬里翻出来，书包变成了绿色的。

"双色书包，一种外皮用腻了，可以换另一种。我孩子买过这种书包。"他说。

"真是服了你了。"刘哥赞道。

警方为那年轻人做了硝烟测试，他显然在不久前开过枪。

刘哥拉了张椅子在年轻人面前坐下来："真是不打不相识，刚才你揍了我一拳，我牙龈现在还在出血。"

年轻人冷冷道："我不认识你。"

"嘿嘿，你当然不认识我，你打我时，大厅里一片漆黑，你连我长什么样子都看不到吧？"刘哥亮出那只塑料枪，"这个你总认得，是不是？"

年轻人看着那支枪道："既然你都找到枪了，我就没什么好说的，是我开的枪。在过道上你按住的人也是我。"

严教授的脸始终紧绷，眼下有十足的把握给这个年轻人定罪，不过不知为何，严教授认为他并不是真凶。

严教授一把抓住年轻人的手腕："抱歉，我想再问一次，是你开的枪？"

年轻人看了他一眼，点头道："是的。"

他竟然很爽快地承认了。

"那你为什么要这么做？"

"要给你个教训！"

"你是'黑枪'的人？"

"'黑枪'？"年轻人愣了，"那是什么东西？"

严教授顿了顿，转向刘哥："竟然不知道'黑枪'……倒真是怪了。"

"不会是在撒谎吧？"

严教授摇了摇头："他刚才说话时，血流平缓，脉搏没有明显起伏，声调上没有变化。他没有撒谎。"

严教授依然紧抓着年轻人的手腕："为什么要给我个教训？咱们

之间有什么仇？”

年轻人说：“我叫孙正强，我哥哥被怀疑杀人，但他是清白的。报纸上说你在警方那边是权威，我就想到让你帮忙。可我给你打了四次电话都找不到你。最后我哥哥以杀人罪被判刑了……”

“因此你就迁怒到我身上了？”

“是的！”年轻人的口气很愤怨。

严教授叹息：“没有撒谎。”他对年轻人解释：“最近一段时间我手机很少开机，因为怕被‘黑枪’的人跟踪我的手机信号。抱歉！”

他竟然对那年轻人鞠躬了。

在场的所有人一震。大家都看着严教授，这件事并不是他的错，但他却在大庭广众之下道歉。

年轻人吃惊不小，霍地站了起来。

“这个……其实错在我……”他结结巴巴地说，“无论怎样我不该向您开枪的，尽管那是受人指使……”

“什么受人指使？”刘哥连忙说，“受什么人指使的？”

“我也不知道。”孙正强愁眉苦脸地说，“之前有人给我打来电话，并约我到一个公园见面，在那里交给我一个用丝巾包裹的黑色圆筒，并说这圆筒可以让严教授当众出洋相，只需要我在严教授作报告时，在大厅里的某个位置上，翻开脚底的地板，找出一个空包弹，然后塞进圆筒，再向严教授按下圆筒上的按键就行。那人格外提醒我，在按之前要尽量靠近讲台。在和我说话时，那人一直躲在灯光照不到的地方，因此我看不清他的面孔。那人用的手机也已经停机了，后来我再也没能联系上他。”

“他让你在大厅里找的东西是空包弹？”

孙正强点头道："是的，那人说做这件事的本意是吓唬严教授的，并不是杀死他。我也不想杀严教授。"

刘哥和严教授面面相觑。

孙正强接着说道："在把子弹从地板下挖出后，我检查了一下，那确实是没有弹头的。之前我在靶场玩过射击，也知道空包弹和真子弹的区别在哪里。所以，当看到严教授倒下时，我也很吃惊。"

刘哥转身对一名警员说："你去查一下那颗嵌在防弹背心上的弹头，跟那弹壳和塑料枪是否有关系。"

没过多久那名警员就回来了，他对刘哥说："那颗打在防弹背心上的弹头口径是 12.7 毫米，跟弹壳和塑料枪的口径是不相符的。塑料枪和弹壳口径都是 9 毫米。"

刘哥一拍大腿："这么说来，肯定是由另一把枪射出来的子弹。"

严教授叹道："智者千虑也必有一失。那人本来是想让孙正强做替罪羊，由真正的杀手来刺杀我。不过由于一时的疏忽，使得整个计划被识破。假如杀手用的手枪也是 9 毫米口径，我们就一定会把孙正强当嫌犯！"

"接下来就是找那把 12.7 毫米口径的枪吗？"

"是啊！"

"假如这把枪也是塑料袖珍枪那搜查起来肯定有难度啊！"

"绝对不会，12.7 毫米口径是手枪子弹中的最大口径了，这种口径的子弹威力极大且后坐力也极高，塑料枪的枪身根本无法承受这种后坐力，那种子弹只能用金属材质的手枪发射。而且用这种子弹的枪，外形很大，很不容易藏起来。"

刘哥摩拳擦掌道："这么看来，'黑枪'要偷鸡不成反蚀把米了。"

他对同事们说："对所有人再进行一次搜身！咱们这次的目标是一把能发射12.7毫米口径子弹的武器！"

严教授制止了他们："不用搜查所有的人，搜查少量人就可以了。在大厅门口进行安检时，我观察了一下，你和队员们都很认真，假如有人藏着武器，那么肯定会被搜出来的。所以，他只能是用别的方法带着武器进来。甚至是光明正大走进来的。"

"光明正大地带着枪进来？能这么做的人，只有两种。其一是我和我的同事，其二嘛……"刘哥看了看兰德罗那边，兰德罗和他的保镖们正在低声商量着什么。

刘哥来到兰德罗面前："先生，在做什么呢？"

"商量今晚去哪儿泡妞，去哪儿吃饭；商量什么时候控告你们这些警察非法拘留……可以商量的事情很多，你管得着吗？"兰德罗凶狠狠地说。

兰德罗身后的保镖们讪笑起来。

刘哥笑了笑道："夜生活好丰富，不过我担心今晚你们不会那么开心了。兰德罗先生，现在我想请你们和我的兄弟们接受一次彻底的搜身。"

"行，我们不会妨碍警察做事。不过我警告你，不能耽误我们太久。"

刘哥让自己的同事站成一列，兰德罗和他的保镖们站成一列，共同接受检查。

经检查，所有警察都没有问题，警员们身上的枪都是92式警用手枪，口径9毫米。没有一把是12.7毫米口径的，此外，所有人的硝烟测试都没问题。

兰德罗这边可没这么幸运了，而且被查出来有问题的正是兰德罗本人，在他西装左侧有一个暗袋，里面藏了一支12.7毫米口径的“沙漠之鹰”，这把枪的枪口加装了特制消音器，就算开枪也不会有人听到，消音器还可以消除枪口喷出的火光。

“哥们儿，这么大的玩具你藏在衣服里，不嫌碍事？”刘哥故意把枪凑近鼻端，夸张地把脸转过去，“抱歉，好像闻到了狐臭的味道啊！”

兰德罗大吼：“我要见我的律师！”

“您别着急嘛，到了局里我会传唤他。”刘哥特意用了“传唤”这个词，“刚才鉴定科的同事拿你这把枪忙活了一阵子，显然，不久前这把枪被人用过，并且，那颗嵌在防弹背心上的弹头口径与你这把枪是相同的，再过一段时间鉴定科的人就会根据膛线特征确定那弹头是从这把枪里射出来的。你现在还是主动承认了吧，兰德罗先生。”

兰德罗眨了眨眼睛：“承认什么？”

“承认企图枪杀严道森教授。现在证据确凿！”

“放屁！”兰德罗的普通话忽然流利起来了，“你们有人见到我开枪？你能百分百肯定那一枪是我开的？我刚才还做过硝烟测试呢，技术科人员有没有告诉过你，至少我在二十四小时内没开过枪？”

刘哥一愣，他转身问技术科的同事：“真有这么回事？”

同事点头道：“是啊，兰德罗最近一段时间没有开过枪。”

刘哥求助似地转向严教授：“要不你再去试试看，这小子有没有撒谎？”

严教授摇头道：“在他说话时，瞳孔没变化，语气很坚定，他没有撒谎。这就不用试了。而且‘沙漠之鹰’威力非常大，就算用了消音器也无法阻止它的火药气体喷出来，使用它的人无法通过硝烟测试。”

兰德罗哈哈大笑。

这笑声透着一种发自心底的开心。严教授弯下腰，目光与坐在椅子上的兰德罗相对。

他问兰德罗：“你知道枪击我的人是谁，对不对？”

兰德罗说：“这话是什么意思？我的普通话不好，没听懂。”

严教授点头道：“阁下的眉毛并排，拧到一起了，这是恐惧的表现。先生，您在撒谎。”

随后他看了看兰德罗的手：“您右手上的，是婚戒吗？”

“是的。”

“莫非你是左撇子，否则婚戒怎么会戴到右手上？”

兰德罗狡猾地把头转向一边：“我要见我的律师，在见到他之前，我不会再说话了。”

“好，你有权保持沉默，”刘哥沉着脸说，“我看只能继续用硝烟测试来检查每个人。”

硝烟测试在当晚十点才结束。

结果，令人吃惊的事情发生了，根据硝烟反应的测试结果，无论是兰德罗的手下，还是其他观众，都没人开过枪。

刘哥无奈地望向严教授：“能不能再回忆一下子弹是从什么位置

上射来的？没准儿我们可以借助摄影机拍下的录像来确定射手的位置……”

“对！录像！”忽然有人惊叫一声。

刘哥转过头，原来发出惊叫的人是洪大海。

“大惊小怪喊什么喊！”刘哥没好气地说。

“警官，请来一下！”洪大海扯着刘哥来到摄影机前。

从摄影机的“录像再现”模式中，可以看到它拍下的镜头。

刚才摄影师被叫去参加硝烟测试，洪大海趁他不在一直在摆弄摄影机，这多半是为了满足好奇心。

也正因如此使他发现了一个疑点。

大海把时间退回到枪击发生前数十秒：“请看，在这个时候，严教授因为要用手指点银幕上的投影所以身体靠近了幕布。”

“是的。他因为越说越有激情，所以放弃用激光笔了。”

“问题就在这里了，假如他站在讲台原来的位置，并用激光笔指示，那么他的身体就不需要移动位置了，但他当时是用手去指银幕，要指的那幅图在幕布上很高的位置，所以他不得不靠近幕布，这时他的位置发生了移动。但是你看录像里。”

“啊？”刘哥奇怪了，“这镜头里为什么没有严教授。”

“答案是，摄影师当时没在摄影机前，之前他预测严教授会一直站在固定的位置，所以将摄像机对准了那个位置，自己则悄悄地离开，跑到兰德罗那儿去取枪……”

“对！”刘哥眼睛一亮，“兰德罗本身是左撇子，他把枪放在左侧的暗袋里，不是为方便自己使用，而且为了方便别人——那个拿枪的人如果也是左撇子的话，那么在靠近兰德罗取枪时，一伸手，探进的肯定是兰德罗衣服的左侧！”

那名摄影师刚做完了硝烟测试，从远处走向这边，他看到这两人在摄影机前嘟囔着什么，便喊：“你们离我的机器远点！别碰它！”

刘哥问他身后的测试人员：“摄影师有没有通过硝烟测试？”

“通过了啊，手上、衣服上都没有检测出开过枪的反应。”

刘哥傻了眼。

严教授不慌不忙地走过来：“还是让我来看看吧。”他审视着摄影师的手：“哦，左手肌肉发达，是左撇子。”

“我通过了硝烟测试！”摄影师喊，“你们可不能冤枉我。”

严教授笑了：“你穿了件很漂亮的皮衣啊，能不能麻烦你脱掉这件衣服呢？”

摄影师依言把外衣脱下来。

严教授说：“真是件好衣服啊！不过，这么热的天，穿这衣服不是显得太热了吗？”

“大厅里开了空调。”

“可外面很热，今天外面的气温肯定有三十多摄氏度吧？”

摄影师闭上了嘴。

严教授对刘哥说道：“把这件衣服拿去检验，记好了，检验衣服的里侧。”

刘哥不解。

“迟些我再解释，你快去做！”

结果，在那件衣服的衬里，检测出火药气体的反应。

刘哥依然不解：“那个摄影师是如何做的？”

严教授解释道："将摄影机定好之后，他就脱下外衣，把衬里朝外，用此包住枪身，在他开枪时，火药气体大部分被皮衣的衬里挡住，我们做硝烟检测时，时间太紧人又多，因此只检测手臂与衣服表面，他的手和衣服表面都没留下火药气体，当然查不出来！"

"原来是这样！"

兰德罗和摄影师被带走了，由于兰德罗身份特殊，为他定罪还要费一些时间，但"黑枪"的势力肯定会受到重创。

严教授在离开前，特意约见了洪大海和陈冬，对他们的帮助表示感谢。

陈冬说："您就别谢我们了，您是我们的偶像，如果您能给我们签个名，我们就很高兴啦！"

洪大海红着脸憨笑了起来。

严教授笑着说："这个简单，但你们要先答应我一个要求。"

"什么要求？"

"过一阵子要进行警员招募。"

"您是说，想让我们当警察？"

刘哥走了过来，摇摇手："这俩人还太年轻，办事也有点儿毛躁，还是锻炼几年吧。再说，警员考试那么难，他们未必能通过。"

陈冬不服气地看着他："您是说我们不能通过，也太小瞧人了吧！"

"哟，口气不小，如果你能通过，我就调你来我的部门工作！"

"一言为定！"

转眼间，这么多年过去了。

陈冬已经成了警员，而刘哥此时也已经是自己的队长了。

严道森教授，却已经多年没见了。

他还是老样子吗？

第八章　心理拼图

次日，陈冬在崔雨昕的陪伴下，来到严道森所在的医院。

严道森和当年相比，显得苍老了不少，而且变得不苟言笑。再次和陈冬见面，也没有表现得多么热情。只是让陈冬先坐下，谈谈自己的病情。

在分析了陈冬的情况之后，他建议先做核磁共振对陈冬的脑部进行检查。

严道森拿着核磁共振的底片，对陈冬解释道："一般脸盲症是牵涉到后脑血管爆裂、视觉神经受影响，导致辨认能力失衡。"他指着手中的底片，说："而你的情况，是子弹进入了你的后脑右方造成的。"

在陈冬脑后方的位置，可以清晰地看到有一小团阴影。

严道森说道："美国哈佛大学的脸盲症研究中心指出，全世界有百分之一的人口，患有不同程度的脸盲症。所以，在找寻解决方法的，绝对不止你一个。”

陈冬问道：“那么，这病是不是像外界传闻的那样，无法医治？”

严道森说：“这就要先弄清楚第一个概念，什么叫医治？医生都会告诉你，老花眼是不可医治的，但有很多方法，例如，戴不同类型的眼镜，或做矫视手术，可以令生活免受影响。你觉得这是不是医治？”

陈冬一时找不到话来反驳。

严道森接着说道：“此外，还有第二个要弄清楚的概念，什么是‘辨认’？”

他从办公桌后面走出来，来到一台咖啡机前，问陈冬：“要什么口味的？”

陈冬说：“谢谢，随便就好。”

严道森点点头，开始煮咖啡，他接着说道：“我们接着之前的问题讨论，失明人都可以凭视觉以外的提示，来辨认他人。例如，每个人身上的特别气味，或者声音的音质和语气、活动时的姿态，再仔细一些的，可识辨呼吸的速度。甚至是辨认肤色上的细微差异。”

他拿起一杯刚煮好的咖啡，递到了陈冬的面前：“小陈，你用什么方式判断这是一杯咖啡？”

陈冬回答：“看它的颜色，闻它的香气，品它的味道。”

严道森说：“是啊，我们观察一件东西，要用到我们的五感，绝非只用视觉一种。”

他从口袋里掏出两张票，递给陈冬，说：“今晚到木马儿童剧院，我带你去见一个人，相信这个人会对你有启发。”

当天晚上七点半，陈冬如约来到木马儿童剧院的门口，崔雨昕要求跟随——陈冬也没有拒绝。

这所剧院在本市绝对算不上最好的一座，但今天晚上却来了不少人，其中有相当一部分是未成年人。

在验票口，居然排起了一条长龙，陈冬排了半天队才进入剧场。

严道森已经在座位上等着了。他看到陈冬进来，便打招呼让他过去。

陈冬坐下之后，严道森介绍道：“在我的脸盲症病人中，经过专业的帮助以及身边人的鼓励后，很多已经重新投入到工作生活当中，有几个成了摄影界的发烧友——其中还有一位成了国家地理杂志的摄影记者，另外还有一个成了剪影艺术家……”

严道森在手提包里翻了翻，翻出一本剪影集，递给陈冬。

陈冬翻阅了几页，最初的都是山水或动物的剪影，但后来的剪影，就都是人物的剪影，而且越来越惟妙惟肖。

严道森接着说道：“他是受到中国统传剪纸艺术的启发，明白所有物体都可以化成剪影。这对他的生活有很大的帮助。”

陈冬翻到剪影集的最后几页，有一幅彩照，是一位中年人在剪制剪影。这人看上去非常认真，而且精神焕发，显然不是患病后颓唐的模样。

严道森说：“现在他已经站起来了。哦，戏开场了，咱们先看戏。”

木马儿童剧院今天所演出的，居然是皮影戏。

幕布上打出“大闹天宫”四个大字，随后台下的孩子们都欢呼了起来。

悟空的影子出现，在白布上翻飞跳跃，十分生动。

陈冬留心观看皮影戏，以影子辨认对象。对他来说，确实是新的启发。

陈冬身旁的严道森，看戏之余，凝视了陈冬一下，意味深长地一笑，然后再专心看戏。

皮影戏看完，严道森告辞，那本剪影集留给了陈冬，陈冬注意到在剪影集的扉页上印着：“人生只不过是一场捕风捉影”。

陈冬与崔雨昕离开剧院，乘坐地铁回家。

出了地铁站之后，还要步行很长的一段路，他俩走进一条小巷，此时商铺都已关门，只有路灯在旁边投下黄晕晕的光圈。

突然传来一阵刺耳的刀尖刮玻璃的声音。

两人停下，回身一望。一个戴了头盔的人，骑在摩托车上，正用刀尖刮着路边的玻璃橱窗，他一边刮一边缓缓加速，向他们冲来。

“走！”陈冬一拉崔雨昕，两人向旁边的小胡同跑去，小胡同狭窄，摩托车施展不开。

然而摩托车骤然加速，迅速冲到了两人身边。眼看来不及了，陈冬摆好架势，做好了迎击的准备。

然而摩托车手到了两人面前，却不急着劈砍陈冬，而是向一旁的崔雨昕挥刀猛刺……

陈冬急忙把崔雨昕拉回身旁，可是崔雨昕前额上仍中了一刀，鲜血直流。

摩托车手冲出去十多米远，掉转车头，再次准备袭击。

陈冬见摩托车再次冲向他们，马上带崔雨昕转身就跑。

两人拼命奔跑，但摩托车仍尾随不舍。

眼看着小巷子到了尽头，这里俨然是一条死胡同。

摩托车的引擎声渐大，黑暗中，锋利的刀刃闪闪发亮。

摩托车再次冲来，陈冬把崔雨昕拉到自己身后。

只听一阵猛烈的撞击声，摩托车撞上了巷子尽头的墙，爆出了一团火球。

崔雨昕一拉陈冬，陈冬没动，她低头一看，发现陈冬刚才被刀子割伤了咽喉，已经浑身是血。

崔雨昕急道："陈警官！陈冬！快来人啊！救命啊！"

陈冬低头看自己的双手，见双手沾满了自己的血。再抬头时，只见崔雨昕的脸像蜡一般熔化着，五官渐渐熔化……陈冬再也看不清她的面容，随后惊呼了起来。

"崔小姐！"陈冬大叫着从床上跃起。

他发现自己躺在卧室里，身旁的闹钟发出有节奏的嘀嗒声，刚才的追杀原来是一场噩梦。

次日，在医院里，严道森为陈冬进行心理治疗。

说是治疗，但严道森一没准备药品，二没准备医疗工具。他请陈冬到他的办公室里，让陈冬躺在他那张大沙发上。

严道森站在旁边，对陈冬说："除了脸盲症，你还需要积极面对创伤后的惊恐症。一般来说我都是处理受害者和他们家属所受的打击。在病人中，你是我医治的第一个警员，但你同时也是受害人和受害人的朋友。自己中枪，同事又被凶手割颈而死，所以你要面对的，是三重打击。”

严道森开始为陈冬进行心理辅导。他一边关上房门一边说：“最近一段时间内，我建议你远离你之前的单位，以及和之前的工作相关的人，避免接触那些令你想起连环杀手的人和事，更不要考虑回警局工作。等你的状态稳定一点儿之后，再考虑回去的事儿吧！”

陈冬喃喃地说：“我已经回不去了。”

自此，陈冬在严道森的关照下，进行长期的治疗。在这段日子里，他谨遵严道森的指点，不再和之前任何关于连环杀人案相关的人接触，包括之前的同事。

蒋丽欣给他打过几次电话，说是同事聚会，喝个小酒，然而陈冬婉言拒绝了。

这期间，他期待过王燕燕的来电或信息，然而王燕燕却像忘记了他一样，没有给他发来任何信息。

他心里说不上是失落还是解脱。

从内心深处来说，他舍不得王燕燕，当她真的从他的生活中消失了，就好像失掉了自己的左右手，无论如何都不适应。

这天早上，陈冬忽然对严道森说了一句话。

“我想学会捕风捉影。”

陈冬说这句话的时候，表情很认真，严道森眨了眨眼睛，用半开玩笑的口气说：“如果你是说某种高明的中国功夫的话，我是不会的。”

“当然不是功夫。”陈冬说，“我想学会那种凭借剪影或者轮廓，就能捕捉到一个人独一无二的特点的方式。就好像您之前提到的那位剪影艺术家。”

严道森沉吟片刻，说：“那你学会这种方式之后，要用它来做什么呢？”

陈冬毫不犹豫地回答：“抓坏人，办案子。”

严道森苦笑道：“你还是想回到过去的生活中去吗？”

陈冬说：“我是一名人民警察，我曾经在警徽和国旗前立下了维护法律与正义的誓言，或许我的想法在您面前显得比较可笑。然而，我觉得每个人都有自己的使命，皮影戏艺人的使命是为大家表演皮影戏，摄影师的使命是记录下生活的美好瞬间，而我的使命，就是破案。”

他握住了严道森的手，说：“请您帮帮我，好吗？”

严道森看着陈冬，陈冬的眼角带着泪花，这个铁骨铮铮的汉子已经哽咽了。

严道森将另一只手放到陈冬的肩上，说：“病人的要求，医生总是要尽量满足。这样吧，我对你进行一些特殊的指导。我不敢保证这些东西对你真的有用，但是，它们至少可以让你在漫长的治疗过程中不会感觉那么无聊。”

他收拾了一下办公桌，然后对陈冬说：“走，咱们去见几个人。”

由他开车，两人前往市郊。陈冬不知道严道森到底要做什么，他问目的地在哪里，严道森说：“去了你就知道了。总之，对你大有帮助！”

车子来到了一座白色的建筑物前，门口的牌子上写着“PITT 疗养院”字样。行驶到门口，厚重的金属门自动开启，车子径直驶入建筑物内。

严道森介绍道：“PITT，是一个精神疾病研究与扶助机构，我也算这里的挂名顾问之一，每周我会来这里看望我的病人，了解他们的康复情况。”

停下车，严道森带着陈冬走过一片草坪，草坪上都是一些穿着蓝白条相间的病号服的人，每个人身边都有穿白大褂的医生或护士陪伴。

严道森望了望，来到其中一位穿病号服的人面前，说：“老王，又见面了。”

那人点头：“严大夫好。”

严道森问：“头还疼吗？”

那人点头：“疼，整天疼得像有人用电钻在里面钻我似的……哎哟，说着说着又开始疼了！”

他忽然用手捂着头，尖叫起来，身边的年轻护士赶紧扶住他。

那人一把拉住严道森的手，哀求道：“严大夫，再给我点儿药吧，求求你了，再给我一瓶……不，一片就好，给我一片我就不闹了！”

严道森皱皱眉，从口袋里掏出一个小瓶子，瓶子里有一种白色药片，他示意那人摊开手，然后把一片药倒在那人手心里。

那人欢天喜地地说：“谢谢严大夫！”然后一口把药片吞下去，也没用水服，就那么干咽了下去。

咽下去之后，那人又纠缠了过来：“严大夫，一片都给了，再多给一片吧，您看您瓶子里还有那么多呢！”

严道森摇摇手，说：“一片已经够多了，你本来就不该获得这种奖励，回去吧。”

那人还想再说什么，一旁的护士过来，把他搀走了。

严道森问陈冬：“你能看出什么来吗？”

陈冬苦笑说：“他的脸我看不到。”

严道森说：“除了脸呢？”

“除了脸？”

严道森说：“我听说前几天你帮警局的同事抓了两个偷包的贼，在辨认犯人的过程中，你不是靠辨认犯人面部，而是靠他们身上的某些特征来确认的。”

陈冬说：“是的，不过也带了一些运气的成分，那两个人的身体特征与衣着，都和其他人截然不同，但如果换成生活习惯相近的人，恐怕就难说了。”

严道森点头道：“那你说一下，刚才那个人，身上有什么特征？”

陈冬说：“个子比一般人高，骨架很宽，手臂很长，手很大，上面有很多老茧的痕迹，他现在虽然在生病，但手指甲依然剪得很整齐……”

严道森说：“你的观察能力比我想象中要好得多。此外，这人是个篮球运动员。”

陈冬惊道：“是什么病能把他害成这样？”

严道森说：“这人以前是省篮球队的主力，后来，女朋友离开了他，他患上了严重的失眠症，开始用安眠药进行治疗，但时间长了，他对那种药物产生了严重的依赖。”

陈冬问："是您刚才给他吃的那种药吗？"

严道森摇头道："不，我给他吃的只是普通的安慰剂。但口感和味道上和那种安眠药相似。我对他施加了某种暗示，让他认为那是让他上瘾的安眠药。你注意到了他刚才的动作没有？"

陈冬问："什么动作？"

严道森说："在他自称自己头疼的时候，肩部会有轻微的抖动。"

陈冬开始回忆那人刚才的动作。

严道森说："刚才他明显是在撒谎，肩部的抖动，胸部的紧绷，以及手部的突然抬起，都证明了这一点……"

陈冬眼睛一亮，兴奋地说："你是说让我关注人们除了面部之外的变化，以此来判断案情？"

严道森点头："其实这比看脸更有意思，不是吗？人的身体是诚实的，很多下意识的动作，根本无法避免，而这些动作，则可以透露出一个人真实的心理活动。"

"嗯！"陈冬仿佛发现了新大陆，脸上都透出了光彩。

这是受伤以来，他感到最为惬意的一天。

严道森拍拍他的肩头说："跟我继续走走吧，我带你去见见其他人，你可以从各个病人的表现中了解到一些很有特色的身体语言，而这些，在你今后的生活中，将给你带来很多积极因素。"

陈冬点头，他从口袋里掏出多日没用过的记录本，一边走一边写下今天的笔记。

中午一点半，福祥兰珠宝行。

外面下着大雨，隔着雨帘，距离两米外的世界全都是模糊的。

受天气影响，珠宝行内的顾客很少。店内的员工们吃过午饭，有的在聊天，有的在玩手机。噼里啪啦的雨点落地声，阴沉的天色，增加了人们的困倦感，不少人趁机趴在桌上打盹儿。

珠宝行的经理洪天福坐在里屋，在电脑前玩着游戏。与其说懒惰，倒不如说他有意放松对员工的管理——这种鬼天气还想期待有顾客上门？门口路面上的积水都很深了，对珠宝需求量最大的阔太太们，断不可能在这个时候上门。既然如此，就让店里的人放松一下吧。他是这么想的。

正在这时，一辆车停在了珠宝行的门口。

是辆黑色的轿车，车型和大街上常见的出租车类似。这辆车的车门打开，几个穿着雨衣的人从车里走了出来，大雨中，他们低着头，匆匆走进珠宝行。

珠宝店的保安殷勤地上前开门，随后，他呆住了。

这几个人都用雨衣的帽子遮着头，脸上戴着奇怪的面具。

其中一人从怀里掏出一把手枪，抵在了保安的胸口上。

其他人则迅速冲进门，店员们尚未从迷迷糊糊的状态中清醒过来，直到其中一个人拿起一个像扩音器的东西，吼道："所有人都趴下，不许动。"

这人的声音异常沙哑，似乎经过了特殊处理。

经理洪天福听到外面有动静，从里屋走出来，想看看发生了什么事。然而，当他看到这些穿雨衣的人之后，马上反应过来，迅速转身，要回里屋按下报警器。

一个穿雨衣的人迅速拔出手枪，瞄准洪天福。枪响了，洪天福倒在地上，几个女店员尖叫起来。

开枪的人来到洪天福身边，踹了他一脚。洪天福还没死，这一脚让他疼得抽搐起来。那人用枪指着洪天福的头，转过脸来对着店员们说：“不想死就老实点儿。”他沙哑的声音显然也经过了处理。

另外几人迅速开始行动，他们摘下身后的背包，命令店员将金银首饰装进背包里。

踩着洪天福的人似乎是这伙人的首领，他俯下身子，问洪天福：“保险箱的密码是多少？”

洪天福咬着牙不肯说，首领点点头，对着洪天福的大腿又开了一枪。

洪天福疼得简直要晕过去，那人揪住洪天福的头发，把他拎起来，然后将嘴凑到他耳边，一字一顿地说：“保险箱密码。下一次我就不会再用嘴问了。”

他一边说一边将枪口顶在洪天福的太阳穴。

洪天福最终还是将密码说了出来，那人又从洪天福身上拿出钥匙，随后来到里屋，输入密码，插入钥匙，扭开保险箱，把里面的东西装进了背包。

外面也洗劫得差不多了，每个人的背包都鼓了起来。

洪天福由于失血过多，意识开始变得模糊起来，但他还是死死盯着首领，他很想知道，这个人面具后是怎样的一张脸。

首领似乎察觉到洪天福在看着自己，就又来到他身边，将沉甸甸的背包在洪天福面前晃了晃。

洪天福心想，自己说什么都不会放过这帮混蛋的。

首领做了个手势，所有劫匪都停止了装东西的动作，开始有秩序地向外撤离。

首领最后一个往外走，在他就要走出门的时候，忽然把一个东西往地上一丢。

“这是个遥控炸弹，我们出去之后，一个小时之内，你们不许动，更不准报警，如果你们敢报警，我就引爆这个炸弹。”

他刚走出门，洪天福就呻吟道：“帮……帮我叫救护车……快……”

然而没有人敢动。

洪天福哀求道：“你们……你们就打个急救电话就好……谁救我，我就给他钱……”

还是没有人敢动。

洪天福用尽力气，翻了个身，看着一名店员，那名店员满头大汗，苦笑着看着洪天福。

洪天福对那名店员说：“你……帮我……”

店员愁眉苦脸地说：“老板……对不起，我不敢动……我怕他们引爆炸弹……”

洪天福又转向另一名店员，那名店员把脸转向一边。

平日里对店员们非常和善的洪天福，这次开始感到绝望。

这时，他听到了脚步声，有人在向他走近。

他扭脸一看，却是那帮劫匪的首领。首领的背包已经不见了，应该是放到车上去了，但他手里还拿着枪。

“被人背叛的感觉不错吧，洪经理？”首领发出一阵沙哑的笑声。

有人跟了进来，是另一名劫匪。

那名劫匪急匆匆地对首领说：“老大，快走吧！”

首领却说："没关系，我还有事情要做。"

然后，他蹲下身，问洪天福："你的后背和腿上各有一处枪伤，血正一点一点从你身上流出来，没人帮你，你也没办法包扎。拖得越久，希望就越渺茫。"

洪天福咬着牙，狠狠地说："我做鬼也不会放过你。"

"那就去做鬼吧。"首领冲他的脸开了一枪。

一名女店员晕了过去。

首领不慌不忙地走出店门，上了车，车子远去。

在整个过程中，店内的所有人一动也不敢动。洪天福圆睁着眼睛，死不瞑目。

这起案子，被命名为"7・21"特大抢劫杀人案。警队里又忙碌了起来。

这天，陈冬在家中休息，手机忽然响了起来，陈冬一看，号码非常陌生。

"是陈冬吗？"

对方的声音有点熟悉，但陈冬想不起这人是谁。

"我叫向南，是你负伤住院以后调进警队的，咱们见过面。"

"是吗……"陈冬还是想不起这人是谁。

向南提醒他："那天您抓了两个偷包的小偷……"

陈冬恍然大悟，向南原来就是那天让自己看照片辨认小偷的同事。这人当时倒也并非有恶意，只是公事公办而已。

"请问找我有什么事吗？"

“电话里不方便说，咱们面谈吧。”

“哦，我去警局找你？”

“不不，我已经到你家门口了。”

陈冬过去开门，向南打过招呼，进了屋。陈冬满腹狐疑，不知道这人来找自己干吗。

“有事需要陈哥帮忙。”向南的口气非常诚恳。

他向陈冬说明了来意。原来，他是负责侦办“7·21”特大抢劫杀人案的警员，但是这次的案件非同一般，狡猾的犯罪分子没有在现场留下任何指纹，此外，监控系统也没有拍下他们的脸。

向南想起陈冬对脸部以外的识别有独到的能力，于是便找上门来，想请他帮忙。

陈冬一皱眉：“可我已经远离刑警工作了。这么做是否合适？”

向南说：“我听说你只是暂时停职，如果有需要，可以请你协助调查。当然也要看你愿意不愿意。”

“我本人是非常愿意的，”陈冬叹了口气，“但是，我看不到别人的面孔。”

“本次所有的作案人员都是用面具蒙着脸的，他们的面孔你不用在意，你注意其他的细节就可以了，那不是你擅长的吗？”

“不过我担心自己的技术已经退步了，帮不上忙，反而会拖累你们。”

向南说：“对于你提供的分析和建议，我也会进行分检，对于破案有帮助的，我才会留下。这件事我会担全责。这你可以放心。”

陈冬考虑了很久，终于点头。

向南给陈冬看了一组由珠宝行监控系统拍下的镜头。

第一组镜头是劫匪冲进珠宝行时的画面，劫匪从敞开的大门鱼贯而入，第一个劫匪控制住警卫，其他人冲向柜台，每人负责洗劫一个柜台，速度快而且丝毫不乱。

陈冬说了自己的看法："这些人早就秘密调查过这家珠宝行，并且进行了细致分工，这案子有预谋，而且可能有内线。"

"有内线？"

陈冬指了指画面，此时播放的是第二组镜头，劫匪的首领正在向珠宝行的经理开枪。

"珠宝行的里面有好几间屋子吧？"

向南回答："是的，除了经理的办公室外，还有储物间、卫生间、员工的临时休息间。"

陈冬说："我第一次看到里面这一排门，发现上面连门牌标识都没有，劫匪却知道里面有经理的办公室……"

"据珠宝行的人回忆，劫匪还知道经理办公室内有保险箱，并且逼经理说出了密码，之后掏空了保险箱。"

陈冬问："这次总共损失了多少？"

向南回答："不下四百万。此外还遗失了一些公司的重要文件。劫匪抢走这些东西后，还把经理杀了。"

陈冬看了看画面："经理当时有阻止或激怒劫匪的行为吗？"

向南摇头："没有，经理一开始就被枪击，失去了反抗能力。接着劫匪又在他腿上打了一枪。"

"在此过程中没有人过去为他包扎或提供救助吧？"

"没有，所有人都不敢动。劫匪离开前在地上扔了个东西，说是遥控炸弹，只要一小时内有任何人动弹，他就会引爆炸弹。之后又冲经理脸上射了一枪，然后撤离。离开时放下了卷帘门，外面的人看不到里面，以为暂时歇业。实际上那天下着大雨，也没人会去珠宝行。过了一个多小时，才有人敢动，并且报警叫救护车，但那时候经理已经没气儿了。”

陈冬问：“在整个过程中，劫匪一共开了多少枪？”

向南回答：“三枪，而且都打在经理身上，弹头已经取出，在做鉴定。”

陈冬问：“有没有拍下劫匪所乘车子的车牌号？”

向南苦笑：“没有，那辆车就像是凭空消失了一样。”

陈冬问：“是辆什么样的车子？”

向南回答：“根据店员描述，是辆黑色的轿车，似乎是北京现代。”

“哦，大街上随处可见。”

“是啊，出租车很多都是这种车。”

“会不会是混进了出租车里？”陈冬说，“之前接触过一个案件，一伙偷车贼在一个车库里布置了简单的喷涂设备，车开进去之后，立刻进行喷涂，外壳喷漆，前大灯进行更换，甚至还将内饰进行了调整，弄完了之后开出去已经完全不一样了。对于劫匪所乘坐的黑色轿车，也可以采用类似的办法进行掩饰。”

向南想了想，说：“有可能，回头我去查一下周围的路口有没有拍下同型号出租车的行驶记录。”

陈冬又看了一下视频，说：“这劫匪的头目，和珠宝行的老板是相识的，而且是仇家。这首领对自己的行动颇为自信，而且指挥得当，以前可能在部队干过。珠宝行的老板是什么背景？”

向南拿出自己的笔记本翻了翻：“经理叫洪天福，四十岁，之前有出国经历，据说是做小买卖的。后来回乡当了珠宝行经理。为人很大气，对店员也不苛刻。”

“这样性格的人一般很难结下仇人啊……”

“或许是商业竞争对手？我去调查一下。”

陈冬闭眼想了一会儿：“还是调查一下洪天福和别人有无私人恩怨吧，国外那段经历也不要放过。此外，劫匪劫走的是珠宝首饰，这类东西一般不容易出手，贵重金属可能会在熔融变形后进行脱手。你要多关注一下买家渠道。”

“好的。”

“对了，劫匪不是在现场留下了一枚炸弹吗？”

“嘿，没有爆炸，经过检查，只是个塞满了泥土的胶布包而已。”

向南匆匆记下了很多信息，在对陈冬道谢后，离开了。

在送走向南后，陈冬忽然感觉到现在的自己和平时有些不一样了。他的脸微微有些发热，测了一下脉搏，也比平常快了一些。

果然还是办案子能让自己进入“兴奋”的状态啊！

陈冬苦笑。

向南走出陈冬的家之后，拨通了一个人的电话。

电话那头传出严道森的声音：“怎么样？交谈还算顺利吧？”

向南答道：“比想象中要好。他的办案能力确实比我要高明。不过……严教授，本来我们局长是想请您帮忙的，为什么您又让我来找陈冬呢？”

严道森在电话那头答道:“对于犯罪心理学来说，我虽然掌握了一些皮毛，但轮到实战，陈冬显然更高一筹。何况他早晚要回归警队的，现在练练手，避免生疏。我问过你们局长的意思，他也同意我的观点。”

向南说:“好吧，不过，我还想听听您的看法……”

“陈冬的看法就是我的看法。他现在所掌握的技巧，是除了面部表情变化之外的观察技巧。人类的表情可以反映自身的内心变化，但也有人学会了利用假的表情来欺骗别人。可惜，还有很多东西是无法掩饰的。尤其是来自于面部以外的。陈冬现在得了脸盲症，无法识别别人的面孔，然而这间接地促使他掌握了对身体其他部位的观察能力。”

“您也在有意识地强化他这方面的能力吗？”

“是的，不过，作为警察，他的基础本来就很好。我也只是给予适当的点拨罢了。我相信，你们俩会在侦办本案的过程中合作愉快的。”

通话结束，向南收好手机，回头望了一下楼上陈冬家的窗户，随后大步离开了。

警局里，同事们正在仔细地识别交通部门发来的录像。这是事发当日，珠宝行周围所有路口的交通监控系统拍下的视频。

向南目不转睛地盯着屏幕，他的眼珠子都熬红了，身边的同事也是一样。整个“7·21”大案办案组都处于连续加班的状态。

然而这并没有带来更多的起色。对于交通监控录像，向南他们已经看了不下七遍，每一辆从那里经过的出租车都被他们查过，没有对不上号的。

有同事问向南："那辆车会不会还在附近藏着，根本没离开？"

向南摇头："唯一可以藏车的就是附近两个小区的停车场。已经派人把那两个停车场都彻查过了，没有那辆轿车的踪迹。"

那辆轿车简直就像凭空消失了一样。

清晨，陈冬还沉浸在梦乡里。他梦到自己和王燕燕初恋时候的情景，两个人手拉着手走在单位附近的小街上，王燕燕穿的高跟鞋，在路面上踏出清脆的咔嗒声，她脸上带着笑，不时偷瞄一眼陈冬……陈冬感觉自己浸沐在暖暖的光环之中。

然而，王燕燕忽然甩脱了他的手，径直向着前方一辆大巴车走去。陈冬伸手想去拉她，却没有拉住，王燕燕头也不回地往前走，陈冬使出吃奶的力气追赶，但无论他跑得多快，始终和王燕燕之间隔了一段距离。王燕燕上了那辆大巴车，车门关上。陈冬在外面捶打车门，呼唤司机开门，但没人回应。车子徐徐启动，向着远方驶去，陈冬绝望地嘶喊着，车子越行越远，司机打开车窗，探出头，望向陈冬。陈冬一怔——只见司机脸上戴着面具，就和那些劫匪一样。

陈冬从梦中惊醒，床头的手机正响个不停。

他接了电话，是向南打来的。

"陈哥，不好意思，又要麻烦你一下了。"向南的口气有些犹豫。

"没事，还是上次那案子？"

"嗯，我到你家门外了。"向南真是个少见的急脾气。

陈冬打开门，把满眼通红一身烟味的向南让进屋。向南腋下夹着他的笔记本电脑。

他把电脑往桌上一放，说："视频在电脑里，凡是能看的，我都筛选了一遍，所有的视频拍下的都是劫案发生那天周围经过的车辆。我们找不到那辆劫匪乘坐的轿车，只能请你过过眼了。"

陈冬点头，他一下子就明白了向南此行的目的。

反复筛视频，查找有用的线索，相同的活儿，他之前在警队里也干过。

他给向南泡了杯茶，之后就在电脑前坐下来，开始观看视频。

从早上看到中午，陈冬算是把所有的视频都看了一遍。然后他闭上眼，开始思索。

身边传来了鼾声，陈冬扭头一看，向南已经靠在沙发上睡着了。

向南醒来的时候已经是下午四点，他揉了揉眼，抱歉地向身边的陈冬笑了笑。陈冬把电脑推到他面前，说："我多少算是明白他们怎么干的了。"

向南一个激灵从沙发上坐了起来。

"怎么干的？快告诉我！"

陈冬挪动光标，将一个视频打开。

"这是距离珠宝行大约两个街口处的天平幼儿园。这个幼儿园已经与某房地产开发商进行过地皮出售的事宜，现在幼儿园已经停办。只等着开发商过来拆房盖新楼。然而这片场地，其实是没人看管的。"

陈冬放大图像，说道："幼儿园周围的围栏已经拆掉了，所以无论什么车都可以开进去，这里已经被当成了免费的停车场。”

一辆巨大的集装箱卡车横在幼儿园的空地上，由于车身过长，其他的车辆就无法再停在这里。这里成了它独霸的地盘。卡车的车身上写着天蓝货运的字样，挂着本市的车牌。

陈冬说：“我查了一下，天蓝货运是不存在的。”

向南问：“那这辆车停在这里做什么呢？”

陈冬说：“从这辆车所搭载的集装箱来看，其体积足以装下一辆轿车，劫匪们可以把集装箱打开，把轿车开进去，然后用这辆卡车把轿车运走。”

向南一惊：“这个方法不是行不通，但是轿车怎么开进去呢？集装箱离地面是有一定高度的，除非那辆轿车会飞……”

陈冬一摆手：“不用那么复杂，搭一块有足够承重能力的斜角跳板就可以了，当然，轿车司机的驾车能力要好。”

“敢做下这么大的案子，司机肯定挑的是技术一流的。如果我是劫匪，我还会考虑如果不能用卡车运输，那么就开着那辆轿车直接冲出市区。所以司机不但要驾驶技术好，还要胆大、冷静。一般的司机做不到这点。此外，对他们来说，这个司机一定要信得过，所以这个司机应该和劫匪的首领有很好的私交。”

“不能临时拉一个入伙吗？”

“根据我对这个劫匪首领的心理侧写，他不会那么做的。他是一个控制欲很强，对于细节非常在意的人。他会要求整个队伍里的人都对自己绝对服从。”

向南将那辆集装箱卡车的照片发给同事们，要求大家尽快找到这辆车。

可惜的是，这辆车的信息一直停留到驶上通向郊区的公路为止，之后，就再也找不到了。

向南又问陈冬：“劫匪们可以把那辆轿车开进卡车内进行喷涂、伪装，但一辆那么大的集装箱卡车，他们又怎么伪装的呢？是开到车库里，还是开到汽修厂？”

陈冬想了想，摇头道：“他们这样大阵仗，一定会考虑到保密，找汽修厂的话容易走漏消息。如果是车库的话，又只能租用大型车库，而能容纳如此大的车辆的车库，似乎比较少见。”

向南皱紧了眉头。

陈冬用手指轻轻敲了敲桌子：“我觉得我们把范围缩得太窄了，既然是卡车，其实停在哪里都行。工厂、仓库……只要有场地的地方，都可以停车。”

向南说：“他们会不会弃车呢？”

“这么大一辆车，价格也不会低。弃车对他们来说得不偿失。”陈冬沉吟片刻，说：“他们只是用了某种特殊的方法。”

“难道是魔术吗？”向南冷笑了一声。

“所谓魔术，也不过是障眼法。美国人大卫·沙伯飞曾经表演了他将一辆大型卡车凭空抹掉的魔术。而且是电视直播，有成千上万的观众在电视机前目睹了这一‘奇迹’。很多人把大卫·沙伯飞当作拥有魔法的圣人，其实他所用的并非魔法，而是利用摄影机的死角，在用遮蔽物将卡车和摄影机隔开的过程中，命令助手将卡车开走了。之后再挪开遮蔽物，观众就以为卡车是在原地消失了。”

向南看了一眼视频：“你说我们这次遇到的劫匪，是不是也用了类似的手法？”

“的确有可能，郊区的公路上没有找到那辆卡车，它也有可能是从中途下车，强行开到了田野上。”

向南打电话给同事，拜托他们找到市郊公路上哪段没有护栏——此地的公路上一直有护栏作为屏障，这是为了防止行人擅自横跨马路。

陈冬低下头，皱着眉说：“其实，我觉得现在还少了点儿什么，我们对现有线索的分析依然不足。洪天福的个人资料查清楚了没有？”

向南答道：“查到了，这人在十六年前曾经在国外的一家保安公司工作。”

“保安公司？”

“是的，那家公司的老板是华人，主要雇用华裔。提供的服务项目包括贴身保镖服务和可供私人租用的装甲车。”

陈冬的眼睛亮了：“那么他们会不会先对员工进行武器操作方面的培训？”

“是的。这家公司有自己的保镖学校，所有课程都由退役军人设计，教官也都是由退役军人组成。基本上，他们培训出来的保镖，可以称得上十八般武艺样样精通了。”

向南从手机上调出一则新闻，新闻的题图是一组身穿黑色西装，手拿武器的人的合影。

“这是多年以前该公司的员工接受采访时拍下的照片，有一定宣传的意思。碰巧的是，我们在里面找到了洪天福。”

向南指了指照片上最左边的年轻人。

然而陈冬苦笑道："我……脸盲症……"

向南若有所思，说道："抱歉，这张照片上能提供给我们的信息不多。我们现在知道了洪天福有在国外当过保镖的背景，除此之外呢？"

陈冬皱着眉头去看照片，仔细分辨着："这个人，当时的身材很精壮，虽然看上去瘦瘦的，但是，能凭双手拎起重机枪的人着实不多见啊。"

向南挠了挠头："我也只记得施瓦辛格在电影里这么做过。"

陈冬说："那个也只是道具。真正的重机枪，加上子弹带，不是一般人能拿得动的。更别说拎着开枪了。"

向南说："还有其他照片类的资料，你要不要看一下？"

陈冬点了点头。

与此同时，西郊的隆庆酒家。

凌晨一点，最后的一位客人醉醺醺地离店，老板赵白亲自把客人送到店外，目送他上了出租车，这才折返店内。

然后他听到一个声音："赵老板，借个火。"

一个戴着棒球帽的年轻人不知什么时候站在自己身旁，赵白想了想，却想不起这人是谁，作为一个称职的生意人，他向来是把刚相识的朋友都牢牢记在脑中的，而这次，却……

对方扬了扬手中的香烟，似乎有点儿不耐烦了。赵白赶紧从口袋里掏出打火机，给年轻人点上烟。

随后，他就感觉到有什么冰冷的东西顶在了腰上。

赵白的心一沉，他想起了不久前洪天福遇难的消息。

年轻人抬起头，露出戴着面具的脸。

“赵老板，咱们进屋聊聊吧？”

从角落里又冒出四个人，每个人都戴着面具，手上拿着枪。

年轻人一推赵白，随后把枪顶在他的后脑勺上，赵白迈开僵直的腿，机械地向店内走去。

年轻人将面具上的按钮调整了一下，再说话的时候，声音已经发生了变化。

“所有人都不许动！敢动我就开枪！”

酒家里原本已经疲惫不堪的服务员、厨师，本来已经在做打烊的准备，却被这猝不及防的袭击搞得惊呆了。

年轻人问赵白：“钱都放哪儿了？”

赵白咬了咬牙：“不知道。”

年轻人用枪托在他脑袋上一砸：“装蒜！找死是吧！”

一行血沿着赵白的额角往下淌，他疼得浑身冒出冷汗，然而从他嘴里冒出的话却是很硬气：“我知道你们在洪天福的店里做了什么，我也知道你们想对我做什么，抱歉，钱我已经藏起来了。就算你们杀了我，也不会得到一分钱。”

年轻人恶狠狠地说：“你不怕我杀了你吗？”

赵白抬起头，眼睛里闪着光：“就算我告诉你了，你也一定会杀了我。”

年轻人点点头，说：“好，够爷们儿。”

然后他忽然转过脸，对着店内的收银员说：“你过来。”

那收银员二十四五岁年纪，长得颇有几分姿色，这时候却像是得了疟疾一样，浑身颤抖不止，年轻人不耐烦地用手里的枪比画了一下，那收银员才磨磨蹭蹭地走了出来。

年轻人一把抓住她的衣服下摆，将她扯到自己身边。由于用力过猛，收银员的衣服被扯开了一条缝隙，洁白的肌肤暴露在外，几名劫匪忍不住转眼看了过去。收银员羞愤地用手遮掩着。

赵白的额角青筋凸显。

年轻人不紧不慢地说："听说赵老板是有媳妇的，但是常常不顾家，就在自己店里睡。哎呀，这个长夜漫漫，无心睡眠嘛。赵老板又是血气方刚的爷们儿，总得有人陪着唠唠嗑，睡睡觉什么的，你说是吧？"

他是对着那收银员说的。

收银员期期艾艾地看着赵白，眼角挂着两颗晶莹的泪珠。"赵哥……"她已经泣不成声了。

年轻人伸手在她下巴上摸了摸："哭什么啊？你挺对得住他的。不是还为他怀着孕吗？"

这种事，在店里的人听来就好像晴天霹雳一般，收银员白眼一翻，晕了过去。

就算是能逃得此劫，她将来在本地也混不下去了。

赵白从喉咙深处爆发出一阵咆哮。年轻人在他腿弯里一踹，赵白身体一个趔趄，跪在了地上。

年轻人将枪对准地上的收银员，他冲赵白说："赵老板，这一枪下去，可是两条命。我知道你是个有骨气的汉子，孰轻孰重，自己掂量。"

赵白回转头，看着年轻人："你到底是谁，我赵某人问心无愧，从来没有得罪过人……"

年轻人摊摊手："又不是非要有仇才会来打劫，你太有钱了，树大招风，你懂的。别耽误时间，我可是急脾气，枪在我手里，也说不定会走火的。"

赵白看着昏迷不醒的收银员，考虑了片刻，从口袋里摸出一把钥匙。

"楼上我卧室的床底下，有个铁皮柜子。不是全款，我每隔几天就存进银行里一些。"

年轻人一笑："没事儿，门口就有ATM机，能取多少取多少。"他把钥匙扔给一名同党："你去楼上取现金。"

随后他又指挥其他人："看好这里的所有人，店门挂上打烊的牌子，门口大灯关掉。我们只抢老板的钱，其他人都放过。但如果有人想逃跑或者报警，立刻毙了。"

其他人点头，纷纷拉动手里的枪栓，哗啦啦的子弹上膛声在人们心中形成强大的震慑。

随后年轻人拽起赵白："走吧，赵老板，咱们去门口ATM机走一趟。"

两人一前一后出了店门。

ATM机就在店门左侧，之前这样的设计还被认为对结账的客人十分便利，目前在赵白眼中却显得无比讽刺。自己辛苦那么久所挣的钱，就要被人提走了。糟糕的是，他的卡还是银行的高权限卡，每天的提款没有限额。

在距离ATM机还有几米远的时候，年轻人示意赵白停步。他拾起一块碎砖头，对准ATM机上方的摄像头扔了过去，第一次没有投中，第三次的时候，摄像头被击毁，冒出一圈电火花。

年轻人得意地将手在赵白面前晃了晃："看见没。"

赵白被这人的手上功夫所震惊，但过了片刻之后反而镇静了下来。

年轻人说："哦，摄像头被我破坏掉，就拍不到我了，但是半个小时左右警察就会过来，你有五分钟时间，赵老板，五分钟内取不完，我就毙了那个女的。"

赵白心里咯噔一下，他本来指望摄像头被破坏后，他可以在警察到来的时候拼命一搏，没想到劫匪连这点都早有准备。

这时二人已经来到ATM机旁，劫匪把赵白往前一推："开干吧赵老板，现在开始取钱，你有五分钟。"

赵白带着满腔怨愤开始取钱。

两分钟后，取款机下的台子上已经摞了一堆人民币。年轻人看得非常开心，如果没有面具遮挡的话，他的脸上定然是眉开眼笑。

赵白越来越气，眼看着取出来的钱已经不少了，他心生一计。

ATM机里忽然爆发出一阵警示铃，然后开口处自动合拢，把赵白的卡吞掉了。

劫匪一个箭步冲过去，先砸掉ATM机内侧的小摄像头，然后揪住赵白的脖领子把他拖出来。

"老东西，又在玩什么花样？！"

赵白脸上毫无血色："没什么，操作失误，卡被吞了。"

这台ATM机每次只能吐五千元的钞票，他刚才主动取消掉取款，在重新输入密码的时候故意输错三次，ATM机便将他的卡吞掉，账户冻结。

年轻人望了望地上的钱，虽然不少，但总数也不到十万。这还远远达不到他的预期。

他点点头："好，你跟我玩花样，咱们就玩到底。"

他把地上的钱收拢在背包里，然后对赵白说："走，咱们进屋。"

赵白听他的口气非常冰冷，心下开始后悔，但现在已经来不及了。他被年轻人拖进酒家大厅，所有人都站在那里，楼上的现金已经取完，地上有两个鼓鼓囊囊的背包，里面很显然是钞票。

收银员还躺在地上，没有醒过来。

年轻人望着赵白："跪下。"

赵白顺从地跪了下来。

年轻人说："其实我本来不想多开杀戒，因果报应我还是信的。但是赵老板你实在欺人太甚。怪不得我。"

他来到收银员的身旁，抬起脚，朝着收银员的小腹踩了下去。

剧烈的疼痛使那个女人醒了过来，像龙虾一样弯着身子，痛苦地尖叫。年轻人一拳把她打倒，随后又踩了一脚。

赵白想冲上去阻止他。其他劫匪过来把他按住。

年轻人说："我要让你知道，什么叫绝望。"

随后，一脚，又是一脚。

年轻人就这么踩了五分钟，直到女人的下体流出了鲜血。

"可惜了，这个女人本来和我无冤无仇的。我也知道你想要个后代。"年轻人的声音里透出一丝嘲讽，"只要你乖乖听话，我本来可以保证这个女人和她肚里的孩子安然无恙，可惜，可惜。你他妈的太自作聪明了。"

"杀了我！有种就杀了我！要不然我一定会找你报仇！"赵白睚

眦欲裂地吼道。

枪响了，赵白倒在血泊中，年轻人的枪口冒着烟。

年轻人收起枪，喃喃自语道："我本来也没想让你活着。"

随后，所有劫匪开始撤退。

此时，向南和陈冬还在继续寻找线索。

向南提供了洪天福在国外期间的照片。陈冬发现，洪天福在国外期间，曾经和几名同事关系很好。这几名同事的身体外形都各具特点。而且，看肤色，都是黄种人。

"他们身上都有文身，尤其是手背的位置。"陈冬说。

向南点头道："我听说，这些文身都是由那家公司的人为他们做的，每个人的文身都有所不同，但整体风格一致，一旦某人遇难身亡，面部又遭损毁，可以凭文身辨认其身份。"

陈冬问道："洪天福和他的这几个同伴，都纹了什么文身？"

向南翻找资料："他们同批进入公司的，一共有六个人，正好也是分配到同一个小组里。这个小组的文身分别是龙、虎、狼、象、鹰、羚羊。"

"洪天福的文身是什么？哦，似乎是象。"

"嗯，他在这个小组里负责的是检查与排除爆炸物的任务。执行这样的任务需要穿上厚重的防护服，看上去比较笨重，像大象。"

"文身和他们的个人任务种类有关？好吧，狼文身代表什么？"

"毒药专家，狼生性狡猾，被认为是对毒物非常敏感的动物。成年的独行狼，对草原猎人撒下的毒饵几乎不闻不问。"

"毒药专家不只是检查和鉴定毒物，应该对如何使用毒药杀人也颇有心得吧？"

“是的。除此之外，虎文身代表格斗术专家，鹰文身代表侦察与狙击手，羚羊代表驾车的人。”

“那么龙呢？”

“不知道，目前只缺少这种文身的资料，据那家公司提供的情报，龙在该国文化中并不存在，这个文身是由这个小组的人自己设计出来的。”

“骨子里带着骄傲，还颇有艺术修养。”陈冬端详着那个龙文身，“这个人来历不凡啊！”

他仔细盯着照片，喃喃道：“羚羊文身的人，常年驾车，像其他司机一样，锻炼较少，小腹略有突出。虎文身的人，上臂肌肉发达，下盘扎实，身材匀称，手臂上有很多伤疤。鹰文身的人总是戴着帽子，脖子上挂着一副风镜，显然对自己的视力非常在意。龙文身的人……嗯，他的来历和这些人都不同，即便烈日炎炎，他也打着领带，穿着皮鞋，一丝不苟。目前看不出他有什么特长。”

向南的手机忽然响起。向南接了电话，脸色变了。

“陈哥，紧急情况，又发生一起抢劫案。”

陈冬猛地站了起来问：“和上一批劫匪身份相同？”

“还没做出这方面的鉴定，我先去现场看看。”

向南飞快地跑下楼，留下陈冬一人在屋内，对着照片苦苦思索。

就在向南离开陈冬家的同时，在城郊的一处度假村，老板柯振喜正忙着给员工宣布遣散的事情。

员工们显得非常不解——今天是周五，往常到了周六日的时候，度假村就会有大批客人过来。他们都是在大城市的快节奏生活中连续忙碌了五天，需要在度假村放松两天的。

也就是说，本来就要迎来能大赚的两天，老板却偏偏要放假。

柯振喜满面堆笑，对员工们说：“大家一直跟着我，咱们有啥说啥。目前咱们度假村的生意还算可以，就算不是周六日，平时来的人也不少。然而我现在的身体嘛……咳咳……”

他弯腰咳嗽了两声，随后掏出纸巾擦了擦嘴，接着说道：“然而我现在的身体越来越不好了，大家也都知道，我早年出过国，在国外曾经染上传染病。”

一听到传染病，大家脸上变色，柯振喜赶紧解释道：“不是艾滋病，也不是性病，就是和流感差不多，当时是捡回来一条命，但有后遗症，现在也忙了这么些年，这个后遗症越发明显了，一到晚上老是睡不踏实，还总咳嗽。现在我打算带我老婆孩子回老家，大家每人可以领三个月的工资，咱们好说好散，怎么样？”

员工们你看看我，我看看你，对这突然而来的遣散显得无法接受。

管账的会计问柯振喜是不是考虑清楚了，而且这病也不是没法子治，现在突然就不干了……

柯振喜一摆手，说自己已经考虑清楚了，所有人的遣散费之后就会打到账户上，此外，这度假村过两天就会有买家来接手，要是想留着继续干，可以跟新东家好好谈谈。

一听有人接手，多数人松了口气。有人建议晚上做一顿散伙饭，柯振喜笑道：“大家好好喝，我现在去收拾行李，今晚就要走了。”

说完他就转身回自己的房间了。大家都对他这匆匆做下的决定感到疑惑。有人问会计知不知道是怎么回事，会计眼珠一转，说：

“没准儿是债主过来讨债，为躲债要跑路了。”

“可咱们度假村的盈利情况不是一直很好吗？”

“嘿，你哪儿懂啊，这当老板的，哪个没个坏毛病的？万一咱们老板私底下赌博吸毒什么的，欠了别人债呢？这可不好说！”

会计正要发挥他的想象力，忽然听到了柯振喜的召唤，柯振喜招呼他去自己房间谈点儿事。

会计走进老板的房间，只见柯振喜已经把大包小包都收拾好了，房内还坐着一个人，那人手上肌肉虬结，太阳穴鼓起，显得非常强壮。

会计的心里打了一个突，他心想，莫非是刚才我在门口胡说八道，被老板听到了，想让他教训我一顿？

柯振喜面带阴云，来到会计面前，那个壮汉也看向会计这边，会计的心狂跳了起来。

柯振喜从手上摘下个戒指，对会计说：“这是给你的。”

会计吃了一惊：“老板，您这是……”

柯振喜在他肩头拍了拍：“你陪我干了这么多年。咱们一起把这度假村建到现在这么兴盛，但是今天……今天就要分别了。我没什么东西好送你的，这戒指是陪了我很多年的，现在，送你了。”

会计一时激动得话都说不利索了：“老板……我……我受不起这大礼啊……”

旁边坐着的壮汉有些不耐烦了，说：“让你收，你就收着吧。老柯，你们的道别仪式能不能再简短点儿，咱们得赶紧动身。”

柯振喜点头，对会计说：“以后再见。”

会计出门的时候，注意到那壮汉的手上，刺着一只老虎的文身。

不久，老板就和那人拎着几只箱子，出了门，他们把箱子扔进一辆越野车，然后就发动车子，向着东边去了——那边是老板娘工作的地方，看样子是去接老板娘的。

会计向他们挥挥手，然后回到老板的房间。

这房间收拾得富丽堂皇的，现在依旧，家具、电器，甚至墙上的壁画都没带走。衣柜里还挂着老板的几件名牌大衣。

会计不知所措，几个小时前他还在跟老板汇报工作，现在，这个人就离开了。

手机叮当一声响，会计掏出手机看了看，是新的转账，备注是“遣散金”。钱一点儿都没少给。

他想打电话向老板道谢，但发现对方关机了。

他又愣了几分钟，随后找出只箱子，把大衣和壁画装进去，往自己的房间搬。

第九章　狩　猎

暗夜无星，大雨倾盆。

四五个拿着武器的蒙面男子在草丛中狩猎。

“猎物”是一男一女，两人在草丛中狂奔，衣服已经被划破，身上也被划出了血口子。

男的是陈冬。

忽然有人开枪，子弹打在了前面的一根草茎上，草茎被打断，女子差点儿尖叫出声，陈冬赶紧把她的嘴捂住。

“嘘，他们现在还没能确认我们的位置，刚才那一枪是碰巧。”陈冬安慰她。

果然，在其他方向也有稀稀拉拉的枪声响起。狩猎者骂骂咧咧，乱开一气。

陈冬示意女孩儿伏低身体，两人小心翼翼地前进。

这片草地似乎无比宽广，两人在草丛中摸索了许久，也不知道前面到了什么地方。

忽然之间，身后的枪声又响起，有人高喊着："他们在那里！"

陈冬心下一凛，回头一看，只见有一个蒙面男子手里拿着镰刀在前进，每前进一步，就把草都割倒，清理出一大片区域，前方视野开阔后，陈冬和女子在地上爬过的痕迹，就清晰地暴露了出来。

"在这边！"蒙面人沿着他们俩前进的方向开枪。

陈冬一咬牙，对女子说："你先跑，我断后！"

女子急道："那怎么行！"

陈冬说："没关系，这是我的使命！快走！"

女子担心蒙面人追上来，最终还是转身向远处跑去。陈冬从草叶间的缝隙里看到那拿着镰刀的男子越走越近，便悄悄闪到一边，从裤子上解下腰带。他兜了个圈子，渐渐绕到拿镰刀的人的身后。那人只顾着前面，对从侧后方靠拢过来的陈冬根本没有察觉。

陈冬忽然从草丛中跃起，用腰带勒住那人的脖子。

因为戴了面具，又下着大雨，蒙面人的反应比较迟钝，当腰带勒上脖子的一瞬间，他才意识到了危险。陈冬的突然袭击让他猝不及防，脖子遇袭，双手下意识地放开了镰刀，用手去扯腰带，好在陈冬一击得手，手下不敢松劲，越勒越紧。

忽然耳边一阵劲风，陈冬意识到不妙，头一低，一只拳头擦着他的头皮打了过去。原来是另一名蒙面人赶到了。这人的身手比之前那人好得多，一阵暴风骤雨般的组合拳，把陈冬打得全无还手的余地。他不得不放开了手。之前的蒙面人得以解脱。

现在是二对一，陈冬渐渐落了下风。

陈冬见势不妙，转身就跑，然而刚跑没两步，就有人挡在了他前面。又是一名蒙面人，这人手里拿着一柄长长的狙击步枪，用枪口指着陈冬。

陈冬无奈地举起双手，此时后面的两人也追到，把陈冬的双手架住，随后在他腿弯里一踹，陈冬跪在了地上。

大雨越下越大，陈冬的双腿都已经浸没在泥水中。他无意间瞥到身边一人的手背，那上面文着一只虎。

这是刚刚空手把自己逼退的蒙面人。

虎文身，象征搏击术高手。

陈冬看看左边那人，那人手背上文着一只狼。

正对面手持狙击步枪的人，手上文身是一只鹰。

龙、象和羚羊去了哪里？

陈冬正想着，忽然前面一声尖叫传来，接着，两个蒙面人拖着女子回到了草丛中。

女子哭哭啼啼，但那两人仍然残忍地把她丢在泥水中，让她和陈冬跪在一起。

这两人的手背上，文着象和羚羊。

龙，还少一个龙。

“还有什么遗言吗？”拿狙击步枪的人将枪口对准陈冬的眉心。

陈冬咬着牙说：“为什么要这么对我们？”

那人冷冷地说：“复仇。”

“复仇？我什么时候跟你们结下梁子的？”陈冬不解。

“你直到现在还没有查清是谁杀了我。”手上有象文身的人说道，“你太蠢了。”

“你是洪天福？你不是已经死了？”陈冬糊涂了。

“就你这种人，还配当警察？”象文身的人并没有回答陈冬的问话，他一拳重重打在女人的颈侧，女人倒地，昏迷不醒。

陈冬怒吼道：“冲我来！打女人，你还算人吗？！”

“我已经不是人了。”那人淡淡地说。

随后他拽着陈冬的衣领，把他从地上拎了起来：“你还有机会救其他人，别浪费我们给你的机会。”

随后，拿狙击步枪的人走了过来，用枪对准陈冬。

“砰！”一声枪响。

陈冬惊醒了过来。

真的砰砰声传来，不过不是枪声，而是敲门声。

门外传来向南的喊声：“陈哥，开门啊！”

声音里透着焦急，似乎是什么急事。

陈冬刚把门打开，向南就急匆匆地冲了进来。

“怎么没开手机？我给你打了不下二十个电话！”

陈冬抱歉道：“一直忘了充电，自动关机了。”

向南这次不是自己来的，还带来了另一个人——法医李云清。

李云清和陈冬是老相识，过了很久终于又见面了，两人忍不住拥抱了一下。

向南不耐烦地说：“好了，客套话下回再说，咱们先说正事。”

他一指李云清：“老李，你先说情况。”

李云清似乎对向南的脾气有点儿不满，但还是开口了：“我们对第一起抢劫案的受害人尸体进行了尸检，在中第一枪的时候，受害人洪天福已经失去了反抗能力，但那一枪并不致命。洪天福如果之后接受治疗的话还是有可能活下来的，可惜之后又遭到了枪击。尤其是最后一枪，直接打在了要害部位，受害人当场毙命。凶手是正面近距离开枪，在受害人的脸上都可以检查到大面积的硝烟反应。”

向南解释道：“因为陈哥你不方便去尸检现场，所以我就带老李过来，由他亲口讲述。”

陈冬点头道：“老李，之后第二起劫案是不是也出了人命？”

向南和李云清对视了一下，两人一起摇头，同时说：“我可没告诉他。”

陈冬不禁莞尔一笑：“我是猜的。谁都没告诉我。”

向南说：“你已经确定这是仇杀了吧？”

陈冬点头道：“对丧失反抗能力的人连续抵近射击，浪费宝贵的弹药，冒着暴露更多线索的风险，一定是为了复仇。”

向南说：“第二起劫案的情况与之类似。著名饭店的老板赵白在自己的店被人枪杀。还有一位怀孕的女青年在现场遭遇虐待，腹中胎儿流产。”

陈冬问李云清：“也是抵近射击？”

李云清说：“是的，而且只开了一枪。除此之外，尸体上有很多挫伤，死前应该受过虐待。女受害人则被殴打得很严重，目前虽然没有性命之忧，但却处于精神不稳定的状态。”

向南说：“女受害人短期内无法提供有用的线索。而饭店里的其他人则告诉了我一件有趣的事——赵白早年间是有文身的，在他的手上，他手上纹过一只狼，后来做饭的时候烫了手背，狼的文身也遭到了破坏，因此赵白就做了一次手术，把手上的文身去掉了。”

“狼？”陈冬霍然站了起来，他来到桌前，那上面是一张打印出来的照片——洪天福和他当年的伙伴们站在一起的合影。陈冬通过文身辨认那些人，在那张照片中找到了赵白。

“受害人和赵白是情人关系吧？”陈冬问。

“啊？你又是猜的？”

“在几张酒吧拍摄的照片里，赵白的脸都朝向女服务生或者穿着暴露的女客人的身上。这种人如果当了老板的话，私生活一定比较乱。刚才我听说是女青年，赵白本人年龄较大，所以猜测是情人关系。”

陈冬问向南：“照片里的人现在都能找到下落吗？”

向南说：“听说照片里的人绝大多数都回国了。但是有一个例外。”

他指着照片上的一个人说：“这个人没有回国，据说在国外遭遇了意外事故，死得很惨，连尸体都没找到。”

他指的那个人，手上有龙文身。

一辆SUV涉水而过，驶上了乡间小路。

这辆车由柯振喜驾车，副驾驶座位上是刺着虎文身的壮汉，柯振喜称他为阿达，后座上是柯振喜的媳妇乔菲。

乔菲已经睡熟了。阿达则闲不住地摸出一个简易握力器，在手上把玩着。

柯振喜说：“你现在还有当年的水平吗？”

阿达说：“力量和反应程度上不如年轻人，但实战经验丰富。一对三没问题。”

“据现场的目击者说，他们一共有六个人。”

“六个人？和咱们当年的组合很像嘛。”

“或许就是当年那家公司的人培养出来的。”

“那家公司？不会的。四年前就已经黄了。那老板涉黑，被当地警方抓了起来，整个公司被关掉。而且，自咱们那批之后，没有更出色的保镖人才了。去的都是一些愣头青，只知道拿着枪耍。子弹打完了之后就屁都不会了。”

“你怎么了解得这么清楚？”

“你以为我只是个肌肉发达的莽汉吗？我哪次行动不是提前做好调查的？”阿达眯着眼看了看柯振喜，而柯振喜则全神贯注在驾驶上。

“当你知道这件事之后，就马上来找我了？”

“嗯，而且我断定是当年那个人的后代来报仇了。唉，当时我就说过，斩草要除根，我们做了那么大的事，都毁尸灭迹了，竟然还没把他的家人找出来杀了，真是失策。”

“那人的家人是谁？你知道？他从来都没跟咱们提过。”柯振喜冷哼了一声，“这种连来历都无法查到的人，要办掉的话可是非常棘手，要不是……反正我真不想杀他来着。”

“可你不是也动手了？”阿达打了个哈欠，“当时也没见你比我们心软。何况，你现在的买卖，不也是当时那一票打下的基础？”

“嘿，就别提我这买卖了，这不就匆匆丢掉了吗？现在我的身家，就是这辆车，那几个箱子，还有我们夫妻俩。”

“你这车开得还是和当年一样，又快又稳。”阿达赞不绝口，“还有这些个乡间小路，地图上都没标注。”

柯振喜说：“这就是我的特长了。大家各有各的特长嘛。话说你怎么只带了一个行李箱？这么多年的积蓄，就只剩这一个箱子了？”

阿达黯然道：“实不相瞒，我老婆是癌症去世的，她去世前，家底儿差不多都搭在医院了。”

柯振喜叹气道：“没事儿，咱们找个地儿安顿下来，还可以东山再起。到时候咱们合作，把老胡也叫上。”

“胡双益？那小子到现在还没露面，其实要是他在的话，硬拼一把都行的！”

“咱们仨老头子对六个小伙子？你别开玩笑了！”

阿达忽然脸上变色，说：“停车！”

柯振喜不明所以，把车停在了路边。

阿达瞪着眼看着柯振喜，说：“虽然我告诉你是六个人把老虎和老狼干掉的，可我没告诉你是六个年轻人啊，你是怎么知道的？”

他的大手搭上了柯振喜的肩头，粗大的拇指距离柯振喜的颈动脉只有寸许距离。这是一只致命的手。

而柯振喜则神态自若：“你倒怀疑到我头上来了，你以为只有你有线人？你把事儿告诉我的同时，我让人去查了查是不是和你说的一样，你以为就凭你几句话我就肯抛家舍业出来呀？”他摸出手机丢给阿达：“看我微信，上面都写着呢。”

阿达看过手机上的信息，这才放心。

“我错怪你了，真对不住。我这几天一直疑神疑鬼的。”

“没事儿。”柯振喜重新发动车子，“换我的话也不会轻易相信别人的。”

正在这时，传来啪的一声脆响，车子的后视镜碎了。

柯振喜先是一愣，随后一声低吼：“来了！”

第十章　血　钻

黎明时分，一辆破破烂烂的 SUV 穿过旷野，开到了省道上。

车上有三个人，三个人都浑身是血。一个身躯庞大的壮汉坐在驾驶员的位置上，另外一对夫妇模样的人坐在后座，后座上的两人身上有无数枪伤，气息微弱。

壮汉勉强把车开了有几里地，看到旁边有个小加油站，就把车停下，踉踉跄跄地跑到加油站门前，随后就咣当瘫倒在门口，他挣扎了几下，愣是没爬起来。

他伸手去够门把手，然而却没力气转动把手，只是在上面留下了几道血污。

加油站的人看到了他，赶紧开门，把他架进屋。

壮汉喃喃道："还有……车里还有人……快……叫救护车……报警！"

向南见到这个壮汉，是在医院的急诊室。

壮汉身上缠着绷带，医生在为他输血，几根管子把壮汉和旁边的一台仪器连了起来，仪器上，象征心跳的信号正在一起一伏。

向南清了清嗓子：“孙旺达？”

壮汉勉强睁开眼睛：“谁……叫我？”

向南俯身看着他：“你是孙旺达，朋友们都叫你阿达，原来是震虎健身中心的老板，日子也算过得不赖，后来你把店卖了，是吧？”

向南让医生先出去，之后关上门，又回到孙旺达身边。

“问你几个问题，要老实交代。”

“好……”

“你和柯振喜、赵白、洪天福都是熟人，对不对？”

“是的。”

“是在国外认识的？”

“我们刚开始的时候都在国外打拼，柯振喜是黑车司机，赵白是厨子，洪天福和我是工地上的零工。后来一家保安公司以高薪为条件，雇了我们，把我们培养成保镖。”

“你们这批是六个人吧？还有两个人，都是谁？”

“胡双益和龙凯飞。胡双益回国以后当了摄影师。龙凯飞……龙凯飞没有回来，死在国外了。”

“龙凯飞是怎么死的？”

“这……”

“回答我，龙凯飞是怎么死的？还有，胡双益现在在哪里？”

“我……我不知道……”

“不要装傻！人命关天，胡双益现在可能有危险！”

“胡双益……他向来都喜欢独来独往，很少跟我们其他人联络，我……我手机里有他电话……”

向南从孙旺达身上摸出手机，找出胡双益的号码，拨打之后，却发现此人已经关机。

“没有其他联络方式吗？”

“没……没了。他很讨厌别人联系他，所以……所以联系方式很少。微信之类的东西更是从来没开通过。他……他是我们之中最懂得隐藏行踪的，所以……所以应该很安全。”

“那么龙凯飞呢？他是怎么死的？”

“唉……唉……啊！叫医生来，快叫医生来！我难受！”

孙旺达尖叫着，无论向南再怎么追问，孙旺达都一直说自己难受，无法回答。

仪器上的信号显示孙旺达的心跳很不稳定。

向南无奈。他出门把医生叫来，给孙旺达施以急救。

之后他再问医院的负责人：“和孙旺达一起救进来的还有一男一女，他们的情况怎么样？”

那负责人摇头：“都没保住，送手术台之前就没气儿了。”

向南长叹一声，目前，就只剩下孙旺达这一个证人了。他一定要把他保住。

不久之后，医院对面的大厦顶上，一个拎着手提箱的男人出现了。

大厦顶上的鸽子似乎被这个人身上的杀气所惊扰，在上空盘旋，却不敢落下。

男人从外表上看约莫四十岁年纪，平平常常的相貌，在大街上来来往往的行人中，你绝对不会关注到他这样的人。他穿着一件样式普通的衬衣，脚上的皮鞋也是不出百元的地摊货。

只是他的一双手，保养得非常好，指甲也修剪得整整齐齐。

男人的手提箱显得非常滑稽，这是一只旧得都开始掉皮的箱子，扔到旧货市场，别人对它的开价不会高出二十块。

但箱子打开后，露出来的东西，可就只能用惊世骇俗来形容了。

男人从箱子里取出那些东西，三下两下，组装成了一把狙击步枪。

他组装完毕后，用枪瞄了瞄头顶的鸽子，然后满意地把枪放下。

他俯下身，用望远镜观察着对面的医院。

“住院部……十六楼……1609 号房……”

男人喃喃自语着，随后，他的视线停在了一个房间的窗户上。

在那个房间里，接受完抢救的孙旺达正躺在床上，他脸上蒙着氧气面罩，紧闭着双眼。他的心跳已经恢复正常。

向南刚刚离开，离开时让一个穿便衣的同事守在门口，任何人都不能放进去。

唯一可能的就是从窗户这边动手。

男人放下望远镜，把狙击步枪提了过来。

他小心地感受着风速，调整着射击诸元。

除了他之外，觊觎孙旺达的还有其他人。

医院的地下停车场，两个清洁工正在清洁医院的救护车。

清洁工穿的都是蓝色的工作服，和医生们穿的白大褂有很大区别。

这时，几个年轻人出现在他们俩背后。

随着几声闷响，清洁工们倒在地上，那几个年轻人手脚麻利地把这两人搬上车。

随后，有两人换上了清洁工的衣服。

其中一个人戴上了口罩，把清洁工用的帽子也戴上了，他对其他人说：“再来两个人，装成来看望病人的。其他人到时候守在病房门口，只要警察过来，就阻止他们进入。”

所有人掏出手枪，检查了一下子弹。

年轻人把枪收进怀里，说：“干掉孙旺达，之后我们就撤！”

紧接着，他们就开始分头行动了。

对面大厦顶上的男人，名叫胡双益。

他最擅长的是狙击，而他这次的狙击目标，就在那座楼里。

他通过瞄准镜观察对面病房里的情况。

随后，他的枪上投出一个小小的光点，投射进对面的病房，投在孙旺达的身上。

光点投在哪里，子弹就会射向哪里。

光点在孙旺达身上慢慢移动，滑过他的胸膛，滑过他的脸，停在他的眉心。

孙旺达依然闭着眼睛，根本没觉察到。

胡双益拉开保险，子弹上膛。

光点又开始移动，滑上了墙壁，最后，停在了门口。

胡双益保持着这样的姿势，他可以保持这样的姿势连续几个小时。他的手很稳。

然而，就在这时，他身后响起了一个声音。

“是胡双益先生吗？”

胡双益浑身一震，要不是他手稳，差点儿把枪掉在地上。

那个声音继续说道：“请把枪放下，我的枪正对着您的后背，请慢慢转身，对，就这样。”

当胡双益转过身来的时候，他看到背后有两个男人，一个是向南，另一个是陈冬。

向南的手枪正指着他。

“你们怎么知道我的名字？你们怎么知道我会来这里？”胡双益非常吃惊。

“在这个小组里，唯一幸存下来的就是你，狙击手。我们故意泄露了孙旺达在 609 号病房的信息，那些想杀他的人一定会来这里，而你也会来，因为你要除掉那些人。这是唯一的机会了。”陈冬侃侃而谈，“我们调查了周围的环境，唯一适合狙击手的只有这座楼的天台，居高临下，可以控制全局，所以我们就在这里等着你。”

“你们就不怕孙旺达被那帮人杀掉吗？”

“这座楼里没有孙旺达。他已经被转移到了其他医院。顺带提一下，这医院里的医护人员和病人都已经被转移走了。现在楼里的人都是我们的人，病床上躺着的是假人，不是你老朋友，只不过脸上蒙了面罩，身上裹着绷带，你就误认为是他了。”

向南的手机响了，他接听了一下，随后挂了电话。

“那几个年轻人已经来了，他们刚袭击了两个清洁工，只是击晕，而不是杀人。这和我们预料的一样，他们想杀的只有你们。那两个清洁工也是我们安排的，除了衣服被扒掉，头上多了两个包，没受到其他伤害。”

“也就是说，你们故意设了这个局？”

“嗯，无论是你，还是那帮年轻人，我们都无法查到下落，你把自己掩饰得很好，至于那帮年轻人，我就更不用说了。他们太危险。如果不是突然袭击，很难保证在抓捕过程中自己不受伤。”

向南走到胡双益面前，亮出手铐：“这个，不介意吧？之前的罪行还没有证据，但至少您非法持有枪支，铐起来比较好。”

胡双益顺从地伸出双手：“这么多年来，还是第一次栽跟头，更别说是栽在年轻人手里。”

“还是不要夸我们了，现在还是谈一下正事，当年到底是怎么回事？这些年轻人为什么要来找你们？”

胡双益叹道：“一切，都是因为贪婪。”

多年以前的一天，胡双益所在的六人小组，接到了一个任务，护送一辆车穿越大峡谷，前往某国的都市。

那是一辆越野车，车内有一个保险箱。客户点明了这只箱子不能有闪失。

在穿越大峡谷的头一晚，六个人的好奇心上来了。因为，最快第二天傍晚，这箱子就能送到客户手上，但箱子里是什么，大家都不晓得。

于是，大家怂恿对机械类最拿手的洪天福打开保险箱。

保险箱打开后，所有人都瞠目结舌——保险箱里装满了钻石。

在这个区域，钻石和军火是两样硬通货，有这两样东西就可以召集雇佣军，成立自己的势力。

六个人商量好了，决定把这些东西分掉，但是，之后怎么做，成了问题。客户肯定会追查这批钻石，公司那边他们也不好交代。从此之后只能隐姓埋名开始逃亡之旅。

然而，就在胡双益等五人在商量的时候，龙凯飞打了退堂鼓。

“我觉得还是不要打这批钻石的主意了。万一这是别人的救命钱呢？我听说对面那个国家正在遭遇饥荒，迫切需要粮食，万一这是给灾民买粮食的钱呢？”龙凯飞说。

“万一不是呢？”胡双益最贪婪，他说，“万一这是对面用来买军火的钱呢？买了军火就能继续壮大自己的实力，这才是那些政治家们想要的，至于死几个灾民，对他们来说就是屁大点儿事。”

赵白打圆场：“咱们自己人先别内讧，这笔钱多的是，大不了我们先夺下来，分一笔给灾民买粮食，剩下来的再分六份，小龙你看怎么样？”

龙凯飞勉强同意。由于太晚了，具体分配方案第二天再商量。六个人先去休息了。

但黎明时分，龙凯飞却私自发动汽车，向目的地赶去。

剩下的五名同伴自然非常恼火，他们向车子射击，车的轮胎被射爆，龙凯飞连人带车掉下了大峡谷。

胡双益等五人爬下峡谷，寻找钻石和龙凯飞的遗体。但遗体没有找到，钻石也散落到各处，他们每人拿了那些散落的钻石，将车子的残骸埋了起来。

返回公司之后，就说龙凯飞偷了钻石和车。公司与客户方面都非常震怒，派了专人去寻找龙凯飞。结果自然是找不到。

最终，五人在几个月后先后辞职，回国享福。

听完这段往事，向南说："你们怀疑这是龙凯飞在复仇？"

胡双益摇头道："我担心是他的后代。龙凯飞的年纪比我还大，掉下峡谷之后，就算不死也要残废。"

陈冬一直拿着望远镜在看对面，这时候忽然说："来了。"

只见两个穿清洁工衣服的人推开门冲进病房，在他们身后，还有几个人。

他们嚷嚷了几句什么，随后撩开被单，当看到病床上是个假人之后，所有年轻人都惊呆了。

随后，他们开始往外跑。

医院里顿时响起了清脆的枪声，随后年轻人又被逼回到病房里。

有一个人打开了窗户，往外跳，但跳下去之后，扭动了几下就不动了。身下慢慢流出一汪鲜血。毕竟是十六楼，掉下去就会摔死。

警方使用了催泪瓦斯，但那几个人依然负隅顽抗。

枪战持续了二十多分钟，最终，那帮人的子弹打光了，穿着防弹衣的警察冲进病房，随后，一切归于沉寂。

向南审问了那帮人的头领，那是个二十多岁的年轻人，肌肉发达，眼露凶光。

"姓名？"

年轻人答道："中文名字是张金武。我不是这个国家的人。"

"你来自哪个国家？"

张金武说："你们应该查过赵白那帮人的历史吧？他们共同在一

家公司工作过，我爸爸是那家公司的老板。”

向南吃了一惊，随后又恍然大悟。

“你们先后杀了几个人，又一直在追杀孙旺达，是为了复仇吗？”

“是的。我和其他几个人，都是当年公司里的创始人的后代。当年我父亲把一个非常重要的任务交给了那个六人小组，让他们护送一批钻石去另一个国家。然而在途中钻石丢失，据说是龙凯飞偷了钻石。但背锅的却是我们的父辈。这么多年来，那几位老人为了偿还这笔债务，血都几乎被榨干了。而我们这些孩子则是在仇恨中长大，我们立志要找到那个叫龙凯飞的人。后来债务终于偿还完毕，我们把公司卖掉，来中国寻找龙凯飞的下落，结果发现，龙凯飞并不是我们要报复的人，其他五人才是。于是我们开始找他们报仇。”

年轻人非常坦白地交代了自己所犯下的一切，并说：“我丝毫不隐瞒自己所犯下的罪行，我愿意接受惩罚。”

在同一天，胡双益也在自己的认罪书上签下了自己的名字。至此，连环抢劫杀人案终于告破。

然而，在陈冬和向南的脑子里，还有一个疑问没有解决。

龙凯飞到底去了哪里？剩下的钻石呢？

第十一章　凶　宅

王燕燕不在身边的这段时间，另一个人闯入了陈冬的生活。

崔雨昕经常借着“我是你救下来的人当然要来找你报恩”和“好歹我也算对你的病情有所了解，我来看看你康复的情况”以及“别人我不放心，但是在你身边特别有安全感”之类的借口来找陈冬。陈冬有时候刻意回避，并且提醒崔雨昕，她还在被保护状态中，不能经常出来。然而崔雨昕还是大大咧咧经常趁着“放风”的机会来找陈冬。

这天崔雨昕来找陈冬，陈冬装不在家。等崔雨昕离去，陈冬收到了一条信息——

“明天就是我的生日了，作为我的救命恩人，能不能来参加我的生日聚会呢？能带来礼物的话就更好啦！”

陈冬关上了手机，之后，他一夜无眠。

对于陈冬而言，和女性打交道是相当困难的一件事。在他的工作环境中，除了同事和证人，很难有其他异性出现。

王燕燕和他的相识，其实也是跟某个案子有关。

那是在五年前。那时候的王燕燕，还是个天天找工作的大学毕业生。

那天，王燕燕在人才市场找了一天，都没找到合适的工作，心情郁闷，加上疲劳，刚躺在床上不久，就睡熟了。

正睡得迷迷糊糊，她忽然听到有人在耳边说："该起了，该起了。"

她不耐烦地把头转向一边，然而那个声音凑得更近了，也更响了："该起了，该起了。"

声音显得很焦虑不安。

王燕燕想把眼睁开，无奈似乎连撩眼皮的力气都没有。

接着，好像有人在她脸上轻轻拍了拍。

王燕燕在迷迷糊糊中想到了一件事——自己一直是独居啊，那么现在对自己说话的人是谁？

想到这里，汗毛都竖了起来。

她猛一睁眼，发现眼前的世界，根本就不是自己的卧室。

白色的墙上挂着巨大的年画，两尺长的挂历上是"向雷锋同志学习"的题词，样式陈旧的蜂窝煤壁炉靠墙放着，为了防止墙壁被炉子熏黄，炉子和墙壁之间装了烟囱。

王燕燕越来越害怕，她想伸手抹一把头上的冷汗，却发现手根本动弹不得——手似乎是被绳索之类的捆住了。

她身上还裹着一床被子，看被面样式也很老旧，上面甚至还绣着龙凤双飞的图案——这只有在乡下才能看到。

“该起了，该起了。”那声音又响了起来。

穿着蓝色粗布工装的中年男人出现在王燕燕的面前，那男人面色苍白，满眼血丝，似乎很久没有好好睡过觉了。

中年男人伸出粗糙的大手，在王燕燕的脸上来回摩挲了一阵，口中还喃喃地说：“你醒了，醒了就好，你瞧瞧吧，我把一切都安排好了。”

他把王燕燕扶了起来，让王燕燕靠在墙上，勉强撑住身子。

“你是谁？你想要干吗？！”王燕燕张皇失措地叫喊着。

“别怕，别怕。很快就过去了。”中年男子摆了摆手，然后从床边抄起一根黑线。

仔细看，才能发现这黑线连到床下，分出很多股，蔓延到房间各个角落。

“你……这是什么？！”

“别闹，别闹，”中年男人的口气非常温柔，“你还记得我们厂当年为了开山促生产，存下来的炸药吗？我拿了一点儿，今天全都带来了。你看。”

细线的另一头拴着的东西露了出来，是一捆雷管！

“你你你是谁啊！咱们无冤无仇，生平第一次见面，你怎么要拉我一起死啊！”王燕燕吓得差点儿失禁。

男人却低下头，轻轻抚着王燕燕的脸，说：“这样的话，就没有人能把咱们分开了啊。以前我一直怕你离开，现在嘛，没事儿了。咱们两个以后就能永远在一起了。”

王燕燕心想这么狗血的剧情你还是一个人独享算了。她试图从绳子里挣扎出来，一开始的时候这么做并没有起效果，然而王燕燕发觉把外衣解开的话能从衣服里滑出来，于是她开始解衣服，不过为了不让男子发觉，她的动作很轻。

男子似乎已经沉浸在了某种回忆里，他眯着眼睛，脸上带着幸福的笑。

当终于要脱离开绳子的控制时，男子却从口袋里掏出一盒火柴，看样子是要点燃雷管的导火线。

王燕燕心下一急，猛地一挣，衣服像金蝉脱壳一样整个儿脱了下来，随后她把男子推开，只穿着内衣就朝外跑。

男子爬了起来，眼泛凶光，从旁边的桌上抄起一把水果刀，在王燕燕身后紧追不舍。

王燕燕在这陌生的房间里找不到出口，她跑到楼梯口前，却发现楼梯口上加了铁栅栏，还被锁上了。

身后的男子冷笑道："这个房子已经被我完全封闭了，你出不去的。"

他把王燕燕逼到了一个房间里，说："被刀子捅死可是很疼的，不如用炸药，很快，一瞬间的事儿，乖乖跟我回去，给你个痛快的。要不然……"

他举起了手中的刀。

王燕燕眼角的余光瞥到了房间的落地窗，这房子没有装防盗网，窗外可以看到湛蓝色的天空。

王燕燕用尽全力撞向窗户，窗玻璃碎裂，她从窗口坠落了下去。

在落下去的瞬间，她看到了外面晴朗的天空，有只鸟儿从头顶飞过，似乎还冲她叫了几声。

然而，她忽略了一件事。

这窗户的下面，就是高高的围墙，墙上立着防盗的铁刺，每根刺都有两尺多长。

几秒钟之后，她死了。在她的心跳停止之前，刺穿身体的痛楚一直折磨着她……

……

……

王燕燕从噩梦中惊醒，醒来的时候，冷汗已经浸湿了被单。

天啊，还好……还好只是个梦。

但是她无法继续入睡了。

她索性披衣而起，蹑手蹑脚地来到窗户前，望着外面的星空。

那个梦里的一切，感觉十分真实。她现在依然感到寒毛直竖。

自己为什么会梦到这么可怕的场景？这是否预示着未来会发生某种大的灾难？

这一宿王燕燕没能再睡着，第二天连早饭都懒得做，她就跑到门口便利店买早点。

便利店不大，但老板出去进货了，看店的是老板的孩子莫莫。

“燕燕姐，有人要搬进对面那座空房子了！”莫莫看着窗外说道。

王燕燕心中一动，她凑到窗前，正看到一辆小面包车慢慢驶向对面那栋房子的门口。

王燕燕问莫莫：“看见搬来的是什么人了吗？”

莫莫摇摇头说："这倒没有。"然后她在王燕燕脚边坐了下来，抬头望了望她的脸，说："不管搬来的是谁，希望他们家也有小孩。这样就有人来陪我玩了。"

王燕燕笑了。她也希望新搬来的街坊家有小孩子。莫莫需要有与她年纪差不多的小孩陪她一起玩。现在街上很少能看到像莫莫这么大的孩子，倒是白发苍苍的老人们越来越多。

王燕燕看着窗外，只见两个穿着制服的搬家工人从小面包车的车厢里出来了，他俩在面包车旁交谈了一阵，准备卸东西。

王燕燕转向莫莫说："乖，你自己玩儿吧，姐姐要去打工了。"说完她拿着东西出了门。

莫莫把玩着她怀里的玩偶，依依不舍地对王燕燕挥手说再见。

王燕燕从打工的地方回来，已经累得筋疲力尽。她在进家门前望了望街道对面的小楼。那辆搬家公司的小面包车已经不见，而在那小楼的窗帘后面可以看到柔和的灯光在闪动。

看来已经有人住进来了。

司马家的老宅里住了人！

那房子居然住进人去了！这忽然让她觉得不寒而栗。

居然会有人相中那座凶宅！

这附近的房子都很有年头了，就拿对面那房子为例，至少不下五十年。

据说有风水先生看过那房子，刚到门口，风水先生就停住脚步，不肯进去，并说，这房子的位置，以前是两条妇产医院的地下阴沟的交汇处，那些被流产的胎儿的怨气就顺着阴沟在这里聚集，白虎冲煞，极凶极阴。现在那妇产医院虽然已经没了，可怨气聚得太多，轻易不能散去，恐怕这房子也卖不出去，就算是有人来买，那住户必然也凶多吉少。

房产公司的人不信这邪，遍撒广告，不惜成本，最终，赶上这附近要盖学校，勉强沾了个学区房的彩头，这才有人来关注这一片儿的房子，就连挂上凶宅名声的那座小楼，也有人光顾了。

买下那小楼的人姓司马，是个身高八尺膀大腰圆的大汉，是当年国营木材加工厂的小干部，对凶宅之类的传闻，他根本没放在心上，他就觉得这楼坐北朝南，采光、通风都不错，窗外就是公园，空气清新，挺适合自己和新婚妻子住，于是就一口价买下，搬了进来。

当这个姓司马的男人杀死自己老婆时，王燕燕还只是个小孩子，但是她对这件事的记忆却非常清晰。

那天一大早，她正在外面学骑自行车，忽然一声爆响冲进她的耳朵，过了好一会儿她才意识到那是爆炸声。

此外还有尖叫的声音。

没过多久又是一声爆炸声响起。之后又是一声，然后又是爆炸。连续的爆炸，就像滚雷一样震撼。

紧接着附近的住户们都从自己的房子里跑出来了，大家想看看发生了什么事。

王燕燕的爸爸穿着睡衣踱步走到门口，小区的保安们也跑过来了。

王燕燕的母亲穿好衣服，急匆匆地跑了出来，只见她压低了声调，与王燕燕的爸爸说了几句，然后立即抓住王燕燕的胳膊，叮嘱她赶紧回屋，不许在外面逗留。

然而王燕燕还是透过窗户看到了外面发生的很多事情。

她看到有两具尸体从小楼里被抬了出来，然后被装上了车子，那两具尸体用白布裹得严严实实，可是白布浸满了血污。

一只手从白布里向下垂去，抬尸体的人赶紧把它放回到白布里，由于受到震动，有一股细细的血流从布单里流了出来，然后溅在水泥路面上，留下了一行红色的痕迹。

到了下午，人行道上的血已被擦干净了，但是这件事引发的后续效应刚刚开始出现。

有人说房间里地面上的血迹从来也没有被擦干净过。还有人说自己悄悄从破损了的后门进入了司马家的房子里，说房子里到处都是血，桌子上墙上地板上都是血污。还有人说，会在半夜里看到这家的房子亮起烛光，窗户上影影绰绰，是一个男人和一个女人的轮廓。

据说这家的男主人司马先生本来是个很爱妻子的人，对妻子非常娇宠，可这天也不知道发了什么疯，非认为妻子有了外遇。他用绳索把妻子捆绑了起来，并且用自制的爆炸物（用爆竹等物品制作而成）威胁妻子，让她把自己所有朋友的信息都告诉他。他妻子百般哀求并且说自己根本没有做对不起他的事，然而司马先生并不相信，他一个接一个地点燃了妻子身上的爆炸物，刚开始的时候，妻子在痛苦中尖叫，然后声音越来越弱……最后，司马先生也自杀了。

这是一出悲剧，不过司马先生为什么会发了疯一般用那么极端的手段对待自己的妻子，谁也说不出个所以然。最终，大家就把原因一起归结到了那座小楼上。

凶宅的名声自此被传开了。

每一座凶宅的本身可能都并不恐怖，之所以被人当作恐怖的象征，是因为在那凶宅内发生过让人无法理解的事情。

从那以后，司马家的房子就一直空了好多年，据说司马家的亲戚继承了这座小楼，然后很快转手给了某个房产公司，那家公司就想尽可能把它租出去……不过实在太难了。

这些年里，由于租金低廉，虽然有些房客曾进去过，可惜没有一个人能长期住下去。而附近的孩子们自从判定这小楼是凶宅之后，也很久不敢进入了。

王燕燕看了看那透出灯光的窗户，之后就感觉到自己胳膊上起了一层鸡皮疙瘩。现在她已经二十多岁了，不再是一个孩子了，可惜这所房屋余威仍在，仍然使她感到阴森可怖。现在她怀疑房产公司的人是否把房屋的历史都告诉新住户了。

王燕燕认为他们绝对没有这么做。尽管司马家的血案已经过去很久了，可是这类事依然可以在网络上查到。

就在王燕燕低头找钥匙并打开门的时候，她感到背后有什么人正在看着自己，但当她回过身来之后，发现身后什么人也没有。

她心里一阵发慌，随后马上冲进屋子，重重关上了门，飞快地上了锁。

第十二章　杀　意

美丽的晨光笼罩着大地，海洋一样的蔚蓝色天空中飘浮着一团团白色云雾，屋外的小树林里散发着枝叶的清香。这是个让人舒心的早晨。

警员陈冬正在整理文件。今天天气不错，希望会安然度过，他可不期望出什么岔子。

然而他桌上的电话突然响了起来。是上司刘队长打来的。于是他迅速拿起了话筒："队长，您有什么事吗？"

刘队长的声音里充满焦虑，"把手头所有的事儿都放下，陈冬，老城根那里发生了一桩案子，现在你尽快赶到现场。我和你一起去。"

"您也要去？"

刘队长说："有个老人被人残杀，而且尸体还被……总之现场非常惨，咱们两个一起去看看。"

老城根离这里是很近的，于是他们不到十分钟就赶到了现场。那里已经停了好几辆警车，正停在小区前面，有几名穿着制服的警员正在忙着用警戒带进行隔离。楼下已经站了一排群众，可能是这小区里出门锻炼的老人和家庭主妇之类的，那些旁观者正在往前挤，一边挤一边在聊到底发生什么事了。

刘队长在汽车完全停稳以前就下了车子。陈冬跟着刘队长，刘队长弯腰从警戒带下面穿了过去，走向一名警员。

刘队长向那警员问道：“有目击者吗？”

那人摇头说不知道。

“那是谁报的警啊？”

“是站在那边的人。”民警指向一名坐在民警车里后排的中年妇女。女人的手紧抓住裙摆，眼神飘忽，显然是由于震惊而处于茫然状态。

“那位受害者已经没救了，她是被雇来做饭和打扫卫生的。今天早上她第一个发现了受害人的尸体。”警员沉默了一阵子，“现场超乎想象，从来没有见过这样恐怖的事件。目击者已经被吓得有些不清醒了。”

这座房子的所有窗帘都已被拉上了，但是房门还处于敞开状态。从外面看进去，只见里面的通道很暗很低。一种说不出来的压抑的气氛从里面透了出来。

“进去看看吧。”陈冬说完就走了进去。

然而意想不到的是，在他跨过门槛的那一刻，就感到一股难闻的气味向他的鼻子侵袭而至。陈冬赶紧用手捂住鼻孔，随后闭紧了嘴巴。不过这些都没用，那股凶残的味道依然像猛兽一般使劲儿往鼻孔的深处钻，那是一种混合了腥臭的味道，也就是浓烈的血气。陈冬忍不住闭上了眼，试图不让自己呕吐出来。

在进入房间之后他适应了一下里面漆黑的环境，随后走过门廊处。看上去门廊里没有留下任何使用过暴力的痕迹。

壁画没被动过，就连桌上的茶具也没有被碰过，地毯上也没有污渍或脚印。

接下来……

陈冬朝客厅走了过去，此时血腥的味道变得更加浓烈了，一种强烈的抽搐从胃的深处往上翻涌。陈冬捏紧了自己的鼻子，开始通过嘴巴进行呼吸。

陈冬的眼睛扫视着四周：陈旧的电冰箱和掉了漆的桌子，依然在工作的加湿器……最醒目的，是那红白相间的地板。

其实这原本应该是白色的地板。

现在那地板已经被干了的血迹分割成了一个个的小块。

陈冬感觉到自己的心脏在胸口剧烈地跳动着，他觉得自己也算是见过凶杀现场的人，即便如此，依然觉得这次的现场非比寻常。

在房间的正中央横着一具尸体。

从位置上看，陈冬就感觉，这是杀人者刻意固定在那里的。

凑近了看，陈冬发现死者的四肢上插着明晃晃的工具，是常见的金属筷子，现在它们穿过死者的肉体。

陈冬的脑子里闪过一幅与之相似的画面——教堂里的耶稣受难图。耶稣被长钉刺穿，固定在十字架上的姿势，与现在死者的姿势颇为相似。

室内的光较为暗淡，但陈冬可以看见死者皮肤被划割后的创伤。不止一处。

这名死者的眼睛张得很大，并且好像是在直勾勾地看着什么，死者的瞳孔出奇地白，而且出奇地大。

死者张着嘴，临死之前受到这样的折磨，他有没有尖叫？

如果有尖叫声，怎么街坊们都没有听到？

陈冬弯下腰，靠得更近一些。只见死者的喉咙上，也被戳了一个很大的伤口。

法医赶来，开始对尸体进行处理。

陈冬和两个警员却在搜索房间内部。这里看来没有搏斗的迹象，更没有任何东西被推倒或挪动过。

除了血淋淋的餐厅以外，房子似乎没有被弄乱的迹象。

陈冬从走廊的前窗向外张望着。只见外面的人又多了一些，街坊们正在打听消息，那些人离黄色的警戒带越来越近，显然他们都想看得更清楚一些。还有一些好奇的旁观者聚集在法医的车后面。

陈冬把窗帘拉好，之后转向离他最近的同事洪大海："如果不忙的话，帮忙收集一下屋内的灰土，记得要把房子的前门和后门都给封好，然后把屋子里的所有东西都盖上。那些工具都要收集起来。之后法医会把这些东西带回实验室去进行鉴定。"

洪大海点头道："陈冬，以你的经验，咱们能找到点什么线索？"

"线索……这可不好说了。"陈冬低声说，"不过只要是活人犯下的案子，就没有不留下线索的。只是时间紧迫，咱们必须加快进行。”

之后他再走回到餐厅里。现在那些筷子已经从尸体上取下来了，收拢好了放在地上一个证物袋里。旁边站着两个穿白衣服的法医，每个人都戴着手套，他俩正在小心地把尸体装进塑胶袋里。另外一个法医则蹲下身，然后用一把镊子，将死者身上剥落的皮肤轻轻地放进了一个容器里面。

洪大海回到警车上，过了一会儿，把取指纹的工具带了进来。陈冬侧过身走到刘队长身旁，对他使了一个眼色。

刘队长点了点头，两人在门后凑到了一起，刘队长说：“陈冬，回去后要把这些情况打一份报告出来。以前这种事儿好像也在别处发生过，我好像记得。”

陈冬问道：“跟眼前这现场有相似的地方？”

“感觉像是一种什么仪式吧。反正我实在想不起来了，年头也太久了。”刘队长在尸体运出去时一直凝视着袋子，袋子因为接触了尸体上的血所以变得一片殷红。

“说句不好听的，眼下这案子看上去太棘手，真不该在节前发生！”他又沉思了一会儿，说，“现在我想回去休息一下。一起回去？”

陈冬摇摇头说道：“我得在这里待一会儿，收集一下线索和口供，也不知道要待多久。必须调查一下那个女保姆以及几位住得近的街坊，再把事情搞清楚一些，这房子里的东西，也都彻底检查一遍。”

“行。”刘队长转身出去了。

“抱歉，借过。”法医从陈冬身旁挤了出去。陈冬看着房间里，眼前一个血糊糊的尸体轮廓，正清楚地呈现在地板上。

之后他感到胃里剧烈地翻腾了起来。

于是他暗自庆幸来之前没吃饭。

当晚八点钟，陈冬关掉了办公室里的灯，静静地坐在一片黑暗中，沉思了许久。

案情很复杂，已经超出了自己原来的预想。

手机在嗡嗡震动，陈冬睁开了眼，接了电话。“喂，我是陈冬。”

“来信息中心一趟，”打来电话的是同事胡亚飞，“之前队长吩咐我，如果在之前的案件里有相似的就让我找出来给你，现在查到了一些，我帮你打印出来。”

“稍等片刻，我这就赶过去。”陈冬挂了电话，用最快的速度来到了信息中心，胡亚飞已经把打印出来的东西堆成一堆了。陈冬从资料堆里开始翻找自己想要的东西。

刘队长说得没错。在这起凶杀案发生之前，就已经发现了其他类似的受害者，所有受害人的尸体都是残缺不全的。警方经过对现场的勘查，掌握了一定线索，这些线索分别指向了三个犯罪嫌疑人，这些人都被抓并被判处无期徒刑。

直到现在那三个人仍然被关在监狱里。

陈冬重新读了一遍信息后把那些资料收拢好。之后他向胡亚飞说了声谢谢。

“别客气，也不知道它是不是你要找的信息。”胡亚飞说。

“就算不是也不是你的错嘛。”

胡亚飞问："那接下来你打算怎么办？"

"发挥一下想象力。"陈冬吃力地搬起那堆资料，走向自己的办公室。

陈冬回到办公室，把灯打开之后，从那一大堆资料里挑选自己感兴趣的。

眼前的案子是一团糟，在凶案现场，除了受害人孙三德和他的保姆的指纹之外，就什么指纹都没有了；而那些曾被用来把受害人孙三德钉在桌子上的筷子，也没能提供什么有用的信息。

在之后的问讯之中，那个保姆自己也说不出更多有用的情报。

此外还没有其他目击者提供的信息，案发前也没有预先警告之类的记录。

陈冬现在处于困境之中。

眼下只能一步步来，那些关于受害者和凶手（可能的）特征的描述，已经以各种形式传给了全省的公安机关；而所有孙三德的街坊所能回忆起来的信息，也正在源源不断地补充到指挥中心。警队的人正在对周围街道上的住户们进行详细的询问。

有参考性的案件有一起，即从1987年至2005年期间发生的连环杀人案。

凶手是一名电工，1986年在维修高压线路时受到重创，导致身体残废。这导致他原来的未婚妻离开了他。

对未婚妻的憎恨，以及长期的欲望得不到发泄，1987年时此人开始作案，在路上随机劫持了一名女青年，并将其杀害，杀害之后还将尸体破坏。第一次作案后此人并没有停止，隐藏在他心底的魔鬼已经复苏。

1988年的时候，此人离开闹市区的房子，回到乡下独居。并表现出极端厌世的情绪。在那里，魔鬼在进一步磨砺自己的爪牙。1988年年底，此人再度作案，手段更加残忍。

直到2002年为止，此人一连犯下多条人命，受害人年龄从14岁至45岁不等。都是独自在家或独自赶路时被此人跟踪并杀害的。

此人经常借检查线路为名穿行于各个居住区，观察民宅阳台上晾晒的衣服，以此判断这里有无女性居住，以及是否独居。当确定有年轻女子独居时，便伺机作案。2001年至2002年期间，此人已经达到丧心病狂的地步，受害人在死后，尸体都被重度破坏。从凶手对尸体的破坏程度看，显示出宣泄某种情绪的需求。

直到2002年年底，此人停止作案，后来查明，他开始接触网络，并在网上找了一名网友作为倾诉对象。于是，2002年至2005年期间，此人再未杀人。但2005年，此人涉嫌携带管制刀具，被警方拘捕，警方在审讯过程中见其情绪不对，心神不宁，怀疑其还做过其他案件，便在其家中进行搜查，结果搜出之前受害人所穿的贴身衣物，以及其他证据。此人在证据面前，坦白了自己犯下的罪行，除了被警方发现的尸体外，还有数具尸体被埋藏在野外。此人每次杀人后都将受害人的某件东西（内衣、发饰之类）当作纪念品收藏起来。有时还会返回杀人地点“回味”。最终此人被判死刑。

陈冬关上了办公室的门。他能听到外面大厅里同事们敲打电脑键盘时发出的噼啪声，现在已经进入调查过程中最坏的一个环节——这也是最不利的环节。

没有任何可供继续办案的线索，而犯案的人仍然在按他自己的意愿肆意行事，或许那家伙正在进行下一步犯罪计划的部署。

眼下是办案者感到最无助最焦虑的时刻。

他预感到这是一起连环杀人案。而且是刚刚开始。

所以，现在办案人员唯一可以做的事就是耐心等待了，直到凶手再次有所行动。

陈冬其实不愿意这样，警察应该是防止凶手犯案，而不是如此被动地被凶手牵着鼻子走。

陈冬的胃在咕噜咕噜地抗议：今天除了早饭时喝了一碗豆浆之外他已经一整天没吃什么像样的东西了。

陈冬在路边摊子上买了个烧饼，口袋里还有半瓶矿泉水，这就是他的全部战备粮了。真正开始办案的时候，没有人会有心思做饭，他曾经在追踪一个罪犯时整整一个月都吃压缩干粮。直到最后出现便秘才停下来。

吃烧饼的时候他用手机看新闻，新闻头条就是孙三德被谋杀案的采访视频，他急忙点开画面。画面上显示出一幅老人去年拍的照片，此外还有一组长镜头，是孙三德的街坊们用手机拍下的，是尸体被放入救护车的镜头。画外音是报道实况的记者，记者用冰冷的声音说那老人是“被残杀”，“目前警方还没能确定案犯是谁，更没能确定凶器是什么”，“警方目前正在寻找一切有用的线索或目击者”……

陈冬的脑海里又一次涌现出那个老人的血色尸体，还有那凝结了的血痕。然后他似乎又闻到了那令人作呕的血腥气息。

报道结束之前，记者说，这次杀人案与几年前在外省发生的几起杀人案极为相似。陈冬心想是谁这么消息灵通呢?！老子也不过刚查到这一步而已啊!

这帮记者们，真没想到他们这么快就锁定了重点，这使陈冬感到非常吃惊。

正在这时他的手机响了起来。是刘队长打来的。

刘队长粗哑的声音从电话那头传了过来，而传来的信息让陈冬的心感到沉重异常。

“快来，城里又发现了另一个受害者。”

第十三章　阴　霾

已经是深夜了，可解放大街上却挤满了群众。现在整条街道都被警戒带围住，警车停在警戒带对面。大街对面的大多数房子的窗户都开了，有的人试图用长焦相机拍摄下面的场景。警戒带附近来回走动的人更多一些。

陈冬一走出车子就感到了压到他身上的目光。

刘队长已经到了，正站在车边协调警力，下达指示。现在他的声调比平常更加严肃，他看见陈冬正努力挤开人行道上的人群，就猛地把手一招，大声说："过来！"

陈冬挤了过去，眼前的情景让他出了一身冷汗。

一个已经死去的年轻人躺在道路正中央，盖在他身上的白色布单已被洇湿成一片殷红。

陈冬凝视着尸体，感觉自己的心脏在快速跳动，他今天早晨才刚刚看过孙三德被杀的现场，当时也曾想过凶手会再次作案。但是没想到会这么快。

尸体呈现着扭曲的姿势，人体被故意地弯折和挤压，呈现出很不自然的状态，肋骨已经折断，参差不齐，几乎要刺破皮肤凸了出来。

受害人的眼大大地睁着，保持着死不瞑目的状态。

最令人惊讶的是，现场除了受害者的身体，并没有血迹，甚至可以说一点儿血迹也没有。

难道是传说中的武林高手施加的“内功”，因而引发了“内伤”吗？

陈冬倒吸了一口凉气，然后转向刘队长问道：“到底发生什么事了？”

刘队长朝撞在街对面护栏上的一辆电动车扬了扬下巴说：“如果你想知道更多事情，就去与骑那辆车的人谈谈好了。现在他在录口供呢。”

陈冬皱起了眉说：“可受害人明显不是被车撞死的啊！”

他见过车祸现场，车祸现场的最明显的部分，就是地面上的大摊血迹，以及残损的肢体，可能还有拖拉一地的内脏、肠子之类。

然而，现在没有。

非但如此，小小的一辆电动车能把一个人撞成那样？之前曾发生过类似车祸吗？陈冬脑子里没有能对上号的。

洪大海在给那个人做笔录。陈冬走到他身旁，洪大海转过身，疲倦地向陈冬打了声招呼。

陈冬点头，瞥了一下那个肇事者。肇事司机看上去有四五十岁，此时他脸色泛白嘴唇紫青，那双充了血的眼睛下面，有很明显的黑色眼圈。司机的一双手看上去有些擦伤，司机把它们放在膝盖之间一会儿紧握一会儿又松开。当陈冬走过来后，那司机望了望他，然后又把头低下去了。

“这家伙没喝酒。”洪大海指着酒精检测器说道。

陈冬问洪大海：“发生了什么？”

“肇事司机名叫焦严正，”洪大海指着司机说道，“他下班后买了点辣鸭脖，还有一箱啤酒，之后急忙朝家里赶——太着急回家看球赛了，到了丁字路口的时候，他决定拐弯抄近路沿解放大街骑，但在拐弯时撞见了受害者。”

“当……当时我都打了转向灯，也鸣笛了……但也是有点儿晚了……相差只有几米远的时候才看见这个人。”焦严正心有余悸地说，“当时也没别的办法。我只能猛地全力拐弯……车头转了个向，就往路边上撞了过去。”

陈冬点了点头：“今儿晚上有梅西啊，凡是他的球迷肯定都盼着回家看球呢……这片儿路灯看上去也坏了，非常暗。要在路上看到东西可是非常困难。”

“当时那人突然就出现在车前面了，”焦严正接着说道，“我估计当时这人刚刚从天桥上下来。”

“你说什么？”陈冬瞪圆了眼睛，“那时他还活着？这怎么可能啊！”

“活着没活着我不能确定，不过当时那人确实是能动的。而且确实是在动。前灯的灯光不算明亮，当时我还仔细瞄了他一下，还以为是个被撞伤的藏獒呐……”然后他舔了舔嘴接着说道，“然后我下车跑过去看，不过……当时看上去已经完全变形了，就好像向后折成了两半，可能全身的骨头都给错了位了，就好像是……被碾盘碾过的风干鸡……”

司机忽然皱紧了眉，用手捂住了嘴，干呕了起来。

陈冬看了一下天桥，说：“凶手可能是从天桥上弃尸，将尸体从天桥上推下来，尸体在滑下天桥后由于惯性又滑行了一段，所以造成了它能自己移动的错觉。”

他朝洪大海问道：“大海，您认为这与孙三德被杀案有没有关联？”

“首先要确认是被杀而不是意外事故，其次要确认有多少相似度。”

陈冬慢慢地点了点头，说：“不过我感觉他们俩之间是有联系的。”

忽然一阵咔嚓咔嚓声传来，于是两人转过头，只见围观者正在缓缓压向民警所设的路障，并试图用手机给尸体拍照，手机闪光灯响成一片。

陈冬没理这些人，他继续和洪大海交流看法，洪大海说：“这还真是莫名其妙的死法啊，而且这尸体的造型真的把我吓得够呛。”

“假若是同一个家伙干了这两起案子，那么应该是个高智商的家伙，这家伙在犯了事之后又神不知鬼不觉地离开了。而且还没有留下任何痕迹。”

刘队长在那里给警员和法医们下达了一些指示，然后他来到陈冬身边，低声说道：“死者身上没有身份证，目前派了人在这个区域搜查这名死者的衣物或其他物品……还派人去检查失踪人员了，在照片处理完之后，就会有人把它上传到总部的系统里……你要时刻盯着这事儿！”

陈冬点了点头。

“现在关于这案子，你有没有什么头绪？”刘队长问。

陈冬摇摇头道：“目前还没有把所有情况理清楚啊。我觉得有件事要提一下，那就是……眼下两个杀人案的关系就是受害人毫无共同点可言。”

“这两起要命的杀人案，居然发生在同一天，而且是同一个城里，还都是老城区，杀人者是有意向警方挑衅吗？”刘队长愤愤地说道。

之后他看了看洪大海。

“大海！核对完那个人的口供之后，就去敲各家的门儿，挨个儿打听情况。”

洪大海点头说：“好的。”

“接下来才是重头戏，”刘队长对陈冬说，“这件案子你能应付得了吗？”

“交给我吧。”陈冬说道。

“让那帮围观的人离尸体远一些，千万记住，任何跟这件案子有关的照片都不能在网站或报刊上出现。接下来……我要回家休息一下。上面问个不停，今天疲于应付……实在太累了……这儿交给你们应该足够了吧……”

陈冬说：“那您回家好了，这里的一切我会照管好的。”

“那就千万别把事情搞糟了。安排好人手轮班儿盯着。对了，还要跟法医也打好招呼，发现什么就立刻汇报。”

第十四章　噩　梦

最近风言风语，谣传附近有个连环杀人犯，但王燕燕觉得光天化日去拜访一下对面的新街坊还是没什么危险的。

刚走到那房子的前面，王燕燕就感觉有点儿怪异。就好像在她一生中从来没有离那栋房子那么近过似的，脑子里忽然浮现出那个几天前做的梦。

她甩了甩头，打算把那种感觉尽量甩开，可心里还是有种不舒服的感觉。

王燕燕仔细端详了一下那房子。从表面上看来，看不出有什么不对劲的，外形与她住的房子几乎完全一样。她极想知道是什么样的人买了这房子，真心希望他们是年轻人。这样的话容易找共同话题，或许还能成为好朋友。现代社会里人与人之间的关系虽然远了，然而对门街坊总该熟悉起来才对。

王燕燕敲了两次门，可惜没有人来应门。然后她又敲了一回。

“来啦来啦。”门里有一个慵懒的声音响起。

来开门的是一名中年男子，从外表上看来已经有四十多岁，穿着一件褪了色的棉布睡衣，趿拉了一双旧的居家布鞋，微带卷曲的头发并没有梳理。这男人的脸色呈现出一种毫无血色的苍白。在他嘴巴和眼睛周围有深深的纹路，更添憔悴之感。

而且这家伙总是半低着头，眼角不时地扫视着其他地方，视线从不集中在某一处。而他的手，就像风中的昆虫触须，不停地颤抖着，显得有些神经质。

他还留着长长的指甲。那指甲已经有些弯曲，指甲的尖端还有些发黄。

王燕燕在看到这个男人时就觉得害怕，但是她还是做出友善的笑容来。

“您好，我叫王燕燕，是您的街坊，就住您家对门。”

那男人没有表情地望了王燕燕一眼。

“这儿很久没人住了，欢迎您搬过来。”王燕燕说。

那男人的眼神显得很复杂。

“我叫魏子华。叫我老魏就好。”然后他把门开得大了一点儿，“不想进来坐坐吗？”

王燕燕有些忐忑不安，但还是硬着头皮走进了门。

这老房倒是被收拾得很整洁了，墙壁没有明显地进行过粉刷，不过也没有什么传说中那些干涸了的血痕。那光滑的地面最近也用蜡打过，而且显得干净光亮就好像新的一样。

魏子华用手指了指客厅里的堆得高高的纸箱子：“刚搬过来，家具很多还没有完成开箱。”

王燕燕点了点头说：“是和您妻子一起住在这儿？”

“我单身。和弟弟一起住。”

“抱歉，”王燕燕说，“您……您的弟弟多大？”

“十二岁零三个月。”

“正好是活泼好动的年纪，您可以带他出来走走，这儿的邻居们都很好客。”

“可我弟弟不喜欢他们。”

这男人说话显然很直，直到有点儿“愣”的程度。王燕燕有点儿接受不了这种说话方式。

“您……您和您弟弟的年龄差好像有点儿大啊。”王燕燕忽然注意到了这一点。

“你猜我多大？”男人眯着眼睛看着王燕燕。

“四……三十岁吗？”王燕燕心想为了恭维还是说少一点儿吧。

“我今年刚过二十八。”男人干巴巴地说。

王燕燕忽然觉得自己有点儿继续不下去这对话了。

“早衰，忧郁症，我本来就有点儿少白头，自从前女友和我分手以后，我就苍老得更快了。”魏子华说。

“您弟弟可能也会喜欢跟他差不多大的人一起玩吧。”王燕燕赶紧转开话题。

“是说我弟弟吗？他从来不跟其他孩子一起玩的。”魏子华说，“他瞧不起那些人。”

王燕燕开始想今儿来这里本身就是错的。魏子华仍然注视着自己的脚。比起王燕燕，他好像更不擅长和人说话。

王燕燕正在努力想，怎么才能在不伤害别人感情的情况下迅速离开这儿。

“想不想见见我弟弟？”魏子华说，“他叫魏博灵。”

王燕燕强迫自己微笑点头：“好呀好呀，请让我见见吧。”

“我弟弟正在他自己房间里待着呢。”

魏子华领路在前面走，后面跟着王燕燕。王燕燕发现，一连经过好几个房间，门都关得紧紧的，只有客厅里开了窗户，因此有光透进来，而门廊里没有开灯，也没有开窗户，因此黑得让人很不舒服。

魏子华在门上拍了拍，之后推开房门走了进去。王燕燕跟在他身后，出于紧张，她死死地抓着自己的衣服下摆。

这房间甚至比门廊还要暗一些，连灯都没有开。王燕燕眯着眼向前面望去。

难怪没有光，窗户上钉着木板，就连窗户的缝隙都被钉死了。这不像是为了方便住人，而是为了把人软禁起来。

屋子的最里面，是一张简易的行军床，行军床的各个角落里摆了很多书籍，借助微弱的光线，王燕燕稍微扫了一眼，上面写的似乎是《简易外科手术》，而另一本大开本的书是英文的《柳叶刀》。

这些书对于十二岁的孩子来说实在是太高深了，王燕燕想可能是之前的房客丢在这里的，不过魏子华为什么不把它们收起来呢？

就在这大堆的书籍上，坐着一个男孩。

王燕燕凝视着那个孩子，越看越觉得害怕。那孩子比同龄人要高出很多，他的下巴很松弛，一条长长的口水从嘴边耷拉了下来，挂在嘴角上晶晶闪光，男孩慢慢地抬起头看着王燕燕，眼睛里黑色的部分显得非常多。男孩的头部显得比平常的同龄人要大一些，肩部很宽，他的手指头也很粗，看上去每根手指都像是胡萝卜似的。

“魏博灵！”魏子华大声叫男孩的名字。

魏博灵脸上那沉闷的表情立即变了，成了一种非常愉快的表情。然后他开始在行军床上跳了起来。哈喇子随着他的蹦跳飞溅到各处。

这不是脑子不好，这是智商低。王燕燕悲哀地想。

“魏博灵，这儿有个新朋友来拜访咱们了。”魏子华介绍道，“看，这是对门的姐姐，叫王燕燕。”

王燕燕礼貌地冲魏博灵笑了笑。

“嗷！”魏博灵大叫了起来。突然他把地上一本书捡起来向王燕燕丢了过去，王燕燕手忙脚乱地接住了书。那扔过来的力量震得她的手微微有点儿疼。

魏博灵又开始跳了起来。

王燕燕慌乱地望着魏子华问：“接下来我该怎么办啊？”

“把东西扔回去给他就好。”

王燕燕把书扔了回去，动作很慢。魏博灵一把抓住了书，然后继续不连贯地尖叫了起来。他开始在床上来回跳着，一边跳一边狂笑。

魏博灵忽然又把那本书丢了过来，打在王燕燕脸上，王燕燕被打了个趔趄。

魏子华叫道：“够了！你，坐下！”

魏博灵闷闷不乐地坐了下来。然后他抓住枕头，拿它蒙在自己的脸上，就好像为刚才的行为觉得羞耻似的。

魏子华走到王燕燕旁边问:“你……你你怎么样?”

王燕燕说没事，不过她的眼睛里有泪花闪动，被书打中后她的整个脸都变得鲜红鲜红的。

“这会儿该回去做饭了。”王燕燕清了清嗓子说。

“现在就走吗?现在做饭是不是有点儿早。”魏子华冷冷地说道。

王燕燕解释，“虽然有点儿早，可我还要做明天的便当，两个人的份儿——”

魏子华一言不发，转身向客厅走去。王燕燕跟在他身后。

王燕燕能感觉到自己的脚在哆嗦着，为了表现得勇敢一点儿她做了最大的努力了。

魏子华开了门并说:“请便。”声音里没有任何礼貌的语气。

王燕燕走出门，然后转身说:“能认识您一家，我感到很高……”

大门“砰”的一声紧紧关上了。

“兴……”

王燕燕摸了摸脸上的伤，随后长叹了一声。

烦人的闹钟把陈冬叫醒了，不过过了好一阵子他的大脑才完全清醒，连续熬夜让他疲倦不堪。现在他想睁开眼，可眼睛却感觉疼痛无比，就好像揉进了沙似的。

在他脑海里，仍然浮现着梦中的情景。

他梦到自己在狂奔，似乎在躲什么人，他跑得呼呼直喘但却没有碰到任何可以求助的人，似乎是在一个空旷的环境里，但脚下又黏又湿又滑，连跑都变得很吃力。

身后出现了沉重的脚步声，似乎有什么人追了上来，陈冬在狂奔中向后看去，只见身后出现了一个高塔般巨大的身影，在雾气中迷迷糊糊看不清楚，只觉得那个人穿着一件很奇怪的东西，像是，皮围裙。

身后的人忽然伸手向他抓了过来，陈冬踉跄着躲开。

然而前面竟然没有路了，是一处悬崖！

陈冬退到悬崖边儿上，他的后脚跟擦着悬崖的边缘，一颗小石子被他的脚跟擦到，立刻滑落到悬崖的深处去了，过了好久都没有听到回声，这悬崖下一定是深不可测的深渊吧？

那高塔一般的身影在雾气中渐渐浮现出轮廓来，陈冬看到了肌肉虬结的手臂，那手上握着一把闪光发亮的电锯，电锯的锯齿上似乎还沾着血迹。

拿着电锯的人，脸上戴着面具，又长又乱的头发垂下来，看上去像是乱草。

这人的皮围裙上也全是血迹。

陈冬开口想喊救命，然而喊了几声之后，连回音都听不到。他感到一阵绝望。

拿电锯的人开始发动电锯，朝陈冬扑了过来。

陈冬脚下一滑，朝着悬崖下面跌落……

还好闹钟响了，把他叫醒。

他胡乱穿上衣服，开始朝单位走，在到单位之前，他先在旁边的便利店买了些矿泉水和泡面。

总吃泡面的话自己会不会提前死掉呢?

面泡得差不多了，撒上调料，一股浓重的辛辣味道直冲进鼻腔，他几乎要打喷嚏。虽然这已经吃过很多次了，然而对一个饥饿的人来说，啥都是可以接受的。

要是能打个荷包蛋，再放个火腿肠就更好了……

陈冬忍不住咽了下口水。

吃完饭之后他就要进行统计资料的工作，这种工作烦琐无比且极其复杂，让他感觉自己的大脑濒临瘫痪。

凶手一定是新手。绝大多数新诞生的连环杀人犯，第一次作案的地点都是自己熟悉的地方。这个凶手应该就生活在这个城市里，可能是每天都跟自己擦肩而过的人。

网络没能帮上他的忙，目前根本找不到更多新的线索了。陈冬看了看摊在桌上的打印资料。在其中包含了各种越狱逃犯和假释犯的名字，以及从精神病医院释放的有嫌疑的病人的名字，还有最近以来附近发生的杀人案的资料。陈冬核对清单里的每一个名字，进行比对，可惜根本就找不到它们之间的关联；而且更糟糕的是，与目前在老城区发生的情况相比，这些资料已经不具备参考价值了。

陈冬揉了揉太阳穴。现在他对能否找到有用的资料已经没有信心了。如果是刚刚成长起来的杀人犯，在执法机构的档案里可能尚无记载，没准儿这家伙还是个外表光鲜的公众人物。

现在眼前的路已经越来越黑暗，用的方法越多，他就越绝望。

看来光靠科学技术是不能找出对付高智商罪犯的方法的。

陈冬叹了口气，从桌子里拿出一瓶药来，取出几粒，放进嘴里，药是苦的，他觉得可以靠这种苦来缓解自己的压力，这种类似自虐的方法是他独到的经验，苦味在他嘴里一点点儿化开，然后慢慢顺着喉咙咽了下去。

药让他的神经渐渐平缓，似乎头也不那么痛了。不过这药还是要少吃，吃多了会犯困，就不能办案了。

随后陈冬打电话给刘队长，告诉刘队长他将要出去办理一些要紧事，不过此刻他只是想找借口出去走走，要不然他真觉得自己会精疲力竭地昏倒在那堆档案前面。要么就是在读完档案后彻底疯掉。

然后他头重脚轻地走出了办公室，每走一步脚下都在打晃。似乎随时都会陷下去似的。

正在这时，他的手机响了。陈冬接通了电话。

电话那头传来一个年轻男子的声音："您好，我姓李，是老城区西街派出所的。"

"您好，我是陈冬，"陈冬问，"你们那边出了什么事？"

"我们找到了一具尸体，是在本区的一间空房子里找到的。"

"尸体！"陈冬只觉得眼前一阵发黑……一种冰寒的感觉袭上了心头。

"现场……现场的情况很糟糕。"

"有多糟糕？"

"电话里不方便说，你还是赶紧过来吧。"

陈冬焦急地一路响着警笛，将车开到了那座空房子门前，此刻他的疲惫已经被抛到一边儿去了。眼前这条街和解放大道相邻，其实离他们找到受害者的尸体的地方并不远。于是陈冬判断，那个杀人凶手有可能曾经就只在这个很小的地理区域内活动。

为了降低影响，这回没有太多人参与，周围也没有警车围着。陈冬钻出车门，看了看房子的外墙。房子属于大众脸，结构陈旧，外表平实，是带地下室的老式公寓。在玻璃窗上挂着“招租”的木板。

陈冬大步流星地来到房前，然后仔细观察了房子的所有落地窗。现在它们都黑漆漆的、空荡荡的，让人觉得不舒服，简直就像是两只瞪着的眼睛——他又想起了孙三德死不瞑目的脸……

然后陈冬来到了房门前，推开门，只见两名警员站在客厅，一个上身穿着白衬衣、下身穿着西裤的房产中介模样的男子站在他们对面，脸上的表情一会儿白一会儿青，简直就像是犯了病似的，看上去非常不安。

陈冬问：“您好，我是陈冬。”

“你好，我是电话里的小李。”一名警员走过来说道，“这位是王先生，这处房产挂在他中介公司的名下，今天他本来是带着客户来看房的。结果进来之后就发现了受害人。”

“那你们有没有碰过受害人的尸体？”陈冬问道。

“没有动过，我们保护了现场，等你来了再开始检查。”小李稚气未脱，看上去像刚从警校毕业不久。

陈冬问：“法医什么时候到？”

“早就通知他们了。大概过五分钟就会到。”

陈冬看了看那个中介的王先生，随后回过头转向小李道：“你们这边出一个人，带这位王先生去录口供吧。”

小李说：“好吧，小张你去。”

陈冬点了点头说：“其他人跟我到楼上去看看。”

有人给他递过塑胶鞋套和手套。

警员们顺着楼梯来到了楼上。虽然楼里通风口的风扇处于运作状态中，陈冬也能闻到血的气息，本来就熬夜，加上剧烈的头痛，在此时更是感到一阵恶心。

随即他强制自己压下这种恶心感，但他的心脏依然在胸口内激烈地跳动着。

小李朝上指了指楼梯口，现在那楼梯口离他只有几米了。不过他犹豫着没有继续走过去，似乎是在害怕什么东西。

陈冬把一只手放在小李的肩头，然后迅速地从他旁边走了过去：“这回让我先过去吧。”

自己当年刚从警校毕业时，初次接触凶案现场，表现得比小李更差一些，甚至在看到尸体的惨状后，直接呕吐了起来……被当时带队的领导一顿训斥……

最后的台阶通向楼梯口，但却似乎是他这辈子所走过的最艰难也是最长的台阶了，此刻陈冬极想知道，对于判了死刑的囚犯来说，那种慢慢走向死刑的台阶看来是不是和现在的自己有相同的感觉呢。

这次的受害人，是一位街道办的干事，从生前的照片上看，是个魁梧而高大的男人，陈冬根本没想过这位干事竟然会成为受害人，并以尸体的形式摆在他面前。前几天他还是个会走路，能说话，有说有笑，工作踏实肯卖力气，邻里关系也处得好的活生生的家伙……然而……今天就……

陈冬觉得自己的身体在退缩，直觉告诉他，前面的东西将会在未来的日子里反复出现在噩梦中，然而自己是警员，如果对这种东西都害怕，如果连这种东西都不能克服，还有什么能做到的？

“受害人在屋子的最里面。”小李说，“继续往里走就看到了。”

陈冬继续向前挪动步子，绕过正前方的家具，看到地面的尘土上有一条被什么东西拖过的压痕。受害人的尸体看来就是从这里被拖动到了最后所在的位置。

然后他指了指这条痕迹说道：“在你们来之前，肯定有人在这里挪过东西。你们之前还有人来过吗？”

小李说：“恐怕是王先生和来看房子的人留下的吧。”

“来看房子的人？你把那些人带去做笔录了没？”

“没有，在我们到达前他们就离开了这儿。”小李说道，“不过王先生那里肯定有他们的联系方式。”

“马上联系他们，最好能带回来问话。”陈冬说道。然后他沿着地面上的灰尘的印迹，朝着小李所指的方向走了过去。一边走一边提醒自己要硬起心肠做最坏的打算。可惜的是这次他完全没有在心理上做好准备……

受害人的尸体在地面上平躺着，尸身上笼罩着一层红褐色，那是血。虽然已经干涸了，然而那颜色依然惊心动魄。死者仰躺着，瞪着眼向上朝向天花板的方向。

“靠！”陈冬倒吸一口冷气。

透过那些干涸了的血，他依然能看到尸体上的无数伤痕。

小李在楼梯上说：“法医他们到了。”

“走吧，我们下去和法医谈两句，”陈冬说，“然后告诉他一定要小心，这儿留下的线索不容破坏。”

受害人的尸体显示出其在死前被反复折磨，而且是在难以相信的痛苦中死去的。

陈冬竭力摆脱恐怖和恶心的感觉，低头凝视着受害人的脸，在两天前这张脸还是活生生的，而现在却惨不忍睹。

“无论凶手是什么人，都要抓住他，”陈冬嘶哑着嗓子说，“剖开他的胸口看看，那家伙的心是怎么长的。”

好不容易等到下班了，王燕燕揉了揉酸疼的肩膀，走出大门。

这是一份刚找到的工作。事实证明，不压榨员工的老板是不存在的，王燕燕觉得自己以后一定要写本书，名字就叫《如何避免被老板压榨》，书里就一行字——别做梦了。

在昏黄的路灯下，她沿着老街回家。这片儿赶上拆迁潮，两侧的楼已经被拆了个七零八乱。

拆迁工地上的民工都已经下班，王燕燕心想自己下班居然比民工都晚，看来真是混得太惨。

各种拆迁的吊车、推车停在路边，连同那些断壁残垣，看上去像群洪荒时代的怪兽。

咔嗒，咔嗒，一阵奇怪的声音传了过来。

王燕燕寻找声音的来源，声音似乎是从一堵残墙的后面发出来的。

王燕燕想了想，这里离繁华的商业街就几十米远，估计出不了什么事，于是就大着胆子绕到了残墙的后面。

她探头一看，只见一个人背朝着她，蹲在那里在做什么。太黑了，那人至少有一半是被黑影遮住了，而他在做什么，目前也看不到。

似乎是王燕燕的脚步声惊动了那人，那人缓缓地转过脸来。

居然是魏博灵！那个智障男孩正蹲在一块水泥板前，手上拿着一块亮晶晶的似乎是石头的东西，在敲打着什么。

而他敲打的东西……

王燕燕定睛一看，忍不住打了个寒战。

那似乎是个人！

这个小孩，居然在用石头砸人！

而且，魏博灵似乎根本就不把这当成一回事。从他的动作上看，还非常投入。

“你……你……”王燕燕指着魏博灵，说不出完整的话来。

魏博灵那脸上本来是一副傻笑的表情，这时候忽然收敛了起来。

当他变得面无表情的时候，身上似乎笼罩了一层寒气。

王燕燕在慢慢后退。

虽然对方只是个小孩，虽然对方的身高还不及自己的肩，但王燕燕觉得魏博灵身上有种说不出来的东西，阴森，压抑，充满憎恶，即便距离数米之遥，依然让人觉得十分不安。

魏博灵举起了手上的石头。

王燕燕忽然发觉，相对于魏博灵的手来说，那块石头太大了，像他那个年龄的小孩子，怎么能举起这么大的石头？

这孩子的身上充满了未知的东西。

王燕燕退到残墙边缘，猛一转身，想要离开。

脚下却一绊，她重重地跌倒在了地上。

魏博灵越来越近，他嘴角上翘，之前那种迟钝、笨拙的感觉早已不见，在黑暗中他的脚步显得异常灵活。

王燕燕挣扎着想爬起来，手被坚硬的水泥块划破了，她本应该觉得疼，但内心的恐惧却压倒了一切，眼前只是个小孩，然而却似鬼魅一般可怕。

糟糕的是，她的脚似乎被什么东西缠住了，那东西像章鱼的触须般使她无法摆脱，而且越挣扎缠得越紧。

魏博灵又把那块石头举了起来，人头一般大的石块，他轻而易举地用单手举了起来，连喘气都没喘，就好像那只是一只气球。

魏博灵不疾不徐地前进，就好像王燕燕不过是一只掉进陷阱的鸭子，而他则是手持猎枪的猎人。

忽然一阵呼喊声传了过来："谁啊？！偷砖啊？！"

是工地上负责巡视的人，听到这边有动静，就拿着手电筒走了过来。

魏博灵的动作停了下来。

王燕燕大叫："来人啊！！"

手电筒的光晃动着朝这边移动，王燕燕回头，眼前却不见了魏博灵，那孩子早已不动声色地隐进了黑暗之中。

"谁啊？！"工地上的人跑到王燕燕身边，看她狼狈的样子，便道："黑灯瞎火的，跑到这儿干吗，还以为你是偷砖的呢。"

借助他手电筒的光，王燕燕发现自己的脚是被工地上捆钢筋的绳索给缠住了，难怪挣脱不开。

"那儿，那儿有个人！"王燕燕指着刚才魏博灵拿石头敲打的地方说。

手电筒的光投了过去，然而，那里什么也没有，没有人，没有魏博灵，只有一大堆石头。

王燕燕跑过去找了半天，没找到有人的痕迹。

“奇了怪了，刚才明明在这里的。还有个小孩，举着个石头在这里敲。”王燕燕比画着说。

“您说这个呀，这不是石头。”巡视人信手抄起一块，“这些是沾了湿泥和混凝土的编织袋，风一吹就干凝了，空心的，大晚上的难免会被当成石头。”他举起的那块有西瓜那么大，但在他手里像举个馒头一样轻松。

这么说来，魏博灵刚才举的也就不是石头了。王燕燕自己也拿了一块，果然很轻，小孩子也拿得动。

可魏博灵刚才敲打的是什么呢?

王燕燕忽然觉得背后一阵恶寒，非常不舒服，就像是黑暗中有人盯着自己似的。

王燕燕走过两条街，到了步行街附近。

这时的步行街已经没什么人了，只有几个年轻人从酒吧的方向过来，喝得醉醺醺的，口里咿咿呀呀还在唱着什么。

王燕燕还在低头思索刚才遇到的事情，冷不防后腰上一疼。

她啊了一声，低头一看，是一块碎砖头。

她惊讶地向身后看，结果又是一块什么东西飞了过来，打在了她的额头上。王燕燕捂着额头蹲了下来。

恍惚中她看到有人影从街口那边慢慢走了出来，手里似乎还拿着什么东西。

“谁这么混账啊！”王燕燕忍不住骂道。

那人在慢慢接近，然后举起了手里的东西。

王燕燕一惊，她认出那家伙是魏博灵！

居然是那个孩子！

魏博灵不慌不忙地把手里的东西向王燕燕扔了过去。

“你干吗？！”王燕燕忙不迭地躲开，她非常不解，这孩子到底想干什么。

魏博灵又扔出一些碎石砖块之类的东西，王燕燕一边躲闪一边退，她不理解这孩子为什么这么恨自己。

慌乱中又一块石头打在了她的头上。

魏博灵的投掷手法非常娴熟，显然已经练过很久了，石块打在身上简直疼到骨头里。

而且，魏博灵在向她扔东西的时候，脸上的表情很明显是很开心。就好像他喜欢伤人似的。

王燕燕一边逃跑一边高声喊救命。

然而，旁边那些醉醺醺的年轻人，都只是远远地围观着，或者拿手里的手机拍照，没有一个人上来阻止魏博灵。好像路人们都看出来了，这是个疯子，是个强壮的疯子。

“魏博灵！”魏子华的声音传了过来，那语气中充满威严和恼怒。

魏博灵立刻就把砖头放了下来，然后就连身体都变软了似的，从王燕燕的身边跑开了。他把砖头紧紧地握在手里。现在他的表情看上去就像个圣洁的天使，而他手里拿的就是众神之父赐给他的金苹果。

“快回家去！”魏子华的声音变得稍微温柔，“都告诉过你多少遍了，外面的人都很坏。你出去之后他们会伤害你的！”

魏子华拉着魏博灵往家走，他忽然回过头来，用毫无歉意的语气对王燕燕说：“对不起啊，这孩子的疯劲儿一上来吧……你也知道，他脑子不好使……”

然后他就拖着魏博灵走远了。

四周的围观者都散去了，王燕燕站起身，擦了擦身上的血。现在她感觉自己的脸都几乎处于濒临毁容的状态，不知道刚才挨了多少下，换来的就是一句毫无诚意的对不起。

随后她蹒跚地往家走，一只手捂住嘴巴，她害怕自己的牙齿已经被砸松了，一松开手，牙就会掉出来似的。

陈冬去找第二名受害人杨杉的老公，想多问出点儿线索，不过这男人已经完全崩溃了，巨大的沉痛击碎他的理智，现在连一点儿有价值的线索都无法提供。这虽然是人之常情，却给警方的工作带来了一定的影响。

陈冬看了看杨杉家中的摆设，很显然，这里已经多日无人整理，地板上蒙了一层尘土，桌子上的杯子里还放着发黄的酒，杨杉的老公披着好几天没换的衣服，满口酒气，他眼圈是红的，眼已经深深陷了进去，腮帮上满是胡碴儿，眼皮耷拉着，连抬都抬不起来。

他几乎每说一句话就要抽一下鼻子，这让问他话的人几乎不忍心再继续问下去了。

“我总觉得，我老婆只是失踪了，而不是死了。”他说着，又喝了一口酒，“我真的这么想。或者，我们该去再找找电视台、电台、网站，张贴一些寻人启事，再给她的手机打几次电话，或许哪天推开门，她就会站在门口，就像往常，旅了个游又回来了，一脸笑容，然后……”

陈冬不得不打断他：“尊夫人是真的去世了，对此我很抱歉，真相往往令人难受，不过我们都要学会适应，我们不能总是生活在谎言编织的生活里。那些都是假象。”

杨杉的老公哭了起来，哭得太伤心了，连酒杯打翻了都不知道，浑浊的酒洒在他衣服的前襟上，让那件好几天没换的衣服变得更加邋遢。陈冬在一边静静地看着，这个时候他没权利去打扰一个靠哭泣发泄的人，他担心这时候不让这个男人哭出来的话，以后他会因此患上心理疾病。

陈冬又试着问了几个问题，然后摇了摇头，起身离开了。

这次他没有得到任何对破案有帮助的东西。临走之前，他给一位开心理辅导室的朋友打了电话，让那位朋友来安慰一下杨杉的老公，哪怕开点儿药。

之后他接到报告——今天早些时候曾经有人试图绑架一名少女，但那少女后来成功地逃跑了。陈冬对着电话那头说道：“一定要把她保护好，我这就回去，今天一定要问出点儿有价值的东西来！”

他认为早些时候的绑架，可能是那个杀人凶手的一次尝试，如果绑架成功的话，凶手就会把那个少女带到自己的老巢去，她极有可能成为下一个受害者。

回到派出所之后，同事洪大海已经设置好了录音器材，而另一位警员正在和那位侥幸逃脱的受害者谈话。

少女名叫马丽丽，是在一家店当服务员的，在凌晨的时候，她打扫完了店里的卫生，准备下班回家。当她把垃圾袋丢进店后面的垃圾桶里时，忽然从垃圾桶后面跳出一个人，那个人想挟持住她。但马丽丽之前学过空手道，她在那人扭住她之前挣脱开了，并且朝那家伙的小腹挥了一拳……那人似乎也没想到，看上去这么弱不禁风的小姑娘，居然还会这么狠辣的招数，但他又依依不饶地扑了上来，这回像发了疯似的。尽管练过空手道，但在体力上女人和男人的差距还是很大的，那人用手捂住了马丽丽的嘴，马丽丽急中生智，一口咬了下去，咬着了那人的虎口，那人不得不把手松开，马丽丽趁机又给了那人一拳，然后开始沿着街跑，边跑边喊，直到跑进店里，反锁上了门。那人见这次无法得手，就钻进了一辆汽车，逃走了。

"那人开的是辆什么车子？"陈冬问道。

"当时是凌晨时分，街灯不算太亮，所以也没看清楚，只是觉得那车子蛮大的，像是本田奥德赛？要不就是路虎发现者……不过车的外壳应该是纯白。"

陈冬又问道："那么记得那车的车牌号吗，哪怕是一个数字也行？"

马丽丽摇摇头说："这个就真的不记得了，而且当时那么黑，怎么可能看清楚嘛。"

"那么……马小姐，您在这个城里有没有仇人啊？比如说威胁过要对你不利的人？"

"我就一个平平常常的打工的，又没什么社交圈子，也没金钱方面的冲突，更说不上得罪人，应该不至于。”马丽丽说，“之前你的同事们已经问了我一遍了，口供也做完了，我能说的也只有这些……”

陈冬点了点头，说：“袭击你的是个男人？”

马丽丽说：“是的，而且那人的肌肉应该不算发达，居然能让我几次三番地挣脱开，那人应该是个不爱运动的家伙，或者说身体不好……”

“嗯，感谢您的配合，一会儿还要带您去做面部拼图，描绘出那个人的大致形象，这就要靠您的记忆力了。”陈冬做了个手势，有两名警员走了过来，“都是我们这儿的高手，您不用急，慢慢想，越准确越有利于早日抓到那个坏蛋。”

“行，不过，我有点儿累了……”马丽丽说，“我能不能先回去休息一下……”

陈冬很认真地说：“记忆是会改变的，您现在还记得的事情，再过一阵子未必会记得像现在这么清楚，还是尽早去把肖像拼图做了的好，而且你现在回去了，之后不是还要回来吗？现在做了就不用再麻烦跑一趟了。”

“这倒也是……”马丽丽疲倦地打了个哈欠，“那我就再坚持一下吧。”

过了大约半个小时，两名警员就把拼图做好了，马丽丽确认无误。

送走了马丽丽之后，陈冬的心里并没有轻松多少。他感觉，在凌晨跑出来袭击一个学过功夫的女孩的人，肯定不是之前干下连环杀人案的人，那个连环杀手应该更冷静，更精明，更善于情报搜集。

他会对受害人事先进行周密的调查，就算临时出了岔子，也会马上动用备用方案。总之是不会空手而回，更不会留下活口的。

不过对眼下这个叫马丽丽的姑娘，也要保护好才行。于是他对洪大海说："保护好这个姑娘。"

"好的！"洪大海出去了。

陈冬拖着沉重的步子往回走，他现在必须要吃点儿头疼药，然后躺下来小眯一会儿——已经太久太久没有休息了。哪怕是铁人，像他这么折腾，也迟早会垮掉。

然而刚走出几步，他就觉得眼前一黑，倒了下去。

睁开眼时，他发现自己已经到了附近的诊所，一名同事看着他，眼神充满关切。

"贫血，营养不良，以及其他一些杂七杂八的毛病。"同事把一袋子药塞进他怀里。"陈哥啊，您真当自己是超人呀，该歇着也要歇着！你晕倒那会儿连队长都被惊动了，让我赶紧把你送到医院。"

"哦，没想到……真是麻烦你了……"陈冬觉得非常不好意思。

"没事儿，好好养着。"同事在他肩膀上拍了拍，"队长说了，你今天就别去上班了，在家歇歇，缓过来再说，根据马丽丽做出来的拼图，已经找到了一名嫌疑犯，不过那家伙是个瘾君子，自称是临时起意，想抢点钱去买毒品。他体力很差，因为经常吸毒，四肢常处于颤抖状态，握不住手术刀，应该不是连环杀人案的凶手。我先回去再审审他。你在医院再歇一阵子，医生说确定没问题了你才能走。"

同事离开后，陈冬望着自己手里的药袋子，苦笑了起来，真没想到，自己居然成了累赘，拖累了别人。

头还是有点儿晕，不过陈冬觉得身体还是没问题的，休息一下，还能回去再战几个钟头……

正在这时，有人过来和他说话。

“先生，您是警察吧？”

说话的是个年轻姑娘，脸上带着几块瘀伤，身材瘦削，穿着朴素，愁眉苦脸的。

看来是自己身上的制服把这人吸引来的。

陈冬问：“是的，您有什么事吗？”

“您好，我叫王燕燕，遇上点小麻烦。”王燕燕指了指自己身上的伤痕，“您猜这是谁干的？”

陈冬看了看：“伤得不轻啊，这是怎么落下的？”

“说出来挺让人不可思议……”王燕燕表情有点尴尬，“我跟医生说，医生都不信。”

于是她在陈冬旁边坐了下来，把和魏博灵相关的事情都说了一番。

力大无比，而且行为举止非常奇怪的孩子！

陈冬对王燕燕的讲述也是半信半疑。在他的职业生涯中，还没有遇到过这样的事情。

“身体好一些之后，我要去看看你说的那个孩子。”陈冬说，“你现在怎么打算？找家长要赔偿金？”

“魏博灵的哥哥曾经来赔医药费。这伤吧，说实话，也不算要紧。擦破的地方已经处理过，医生说过几天就好了。我在意的不是这伤，我担心那孩子还出来伤人。”王燕燕说。

陈冬点点头：“这家伙的哥哥，你能把他的联系方式给我吗……”

“没有，我当初去拜访的时候，发现他家连电话都没装，似乎是刻意和外界切断了联系。”王燕燕说。

陈冬说：“告诉我他家的地址吧，明天我一定要到那人家里去做访问。另外，也请多观察一下，尤其是这家的来历，如果发现什么情况的话，请马上通知我。”然后他给了王燕燕一张名片，拍了拍她的肩，说，“保持通信畅通。如果那个奇怪的孩子还来找你麻烦，可以随时找我。”

这天的傍晚时分。

淘宝店主杨静莎刚刚从外地回来，她今天忙了一天，一身疲惫。

家里的车库好像坏了，遥控器按了几次，车库门才打开。杨静莎关掉发动机，然后从车子的后备厢里抓起鼓鼓囊囊的货袋，来到了院子里。车库的门在她身后关上了。

院子里黑乎乎的一片，杨静莎拍了拍手，想让声控灯亮起来，灯没反应，她嘟囔了几句，上个礼拜她才刚刚换过了灯，估计那该死的东西又被烧坏了吧。她一边骂一边摸索着来到门边，从提包里摸出钥匙，折腾了半天她才把前门给打开了，然后跌跌撞撞地进到了屋子里，客厅的灯被她打开了，然后立即在自己的身后关上了门，上好了门锁。

要是前男友还在就好了，至少还能应个门，不过是自己把他赶跑的……男人一走，心可就回不来了。

杨静莎叹了口气，把货物往沙发上一扔。

日子该过还要过，一会儿还要做晚饭，不过她想洗个热水澡再做饭，于是她走向浴室，按下浴室灯的开关。但是灯却没有亮起来。按了几次都没亮。

“怎么回事啊！”杨静莎走进黑暗的浴室里，踮起脚尖去摸另一个开关。就在这时，她听到走廊那边似乎传来了一阵低低的声音。

她很快缩回身子，仔细倾听，但此刻房子里又是一片沉寂了。这种一片沉寂的感觉让她觉得不对劲。

这时候又传来了一阵脚步声，啪……嗒，啪……嗒，那好像是什么人在拖着脚走路。而且她能确定那脚步声就是在走廊那边响起的。这种时候一定要冷静不能慌张，杨静莎对自己说，因为只能靠自己。

忽然房子里的灯同时熄灭了，黑暗笼罩了整个房子。

杨静莎开始后悔，自己为什么一直要过独居的生活。她完全可以同意最近一个小伙子的求爱，那小伙子虽说还是个没毕业的学生，但至少也是个男人……

那种声音又来了，是一种不大的拖着脚走路的响声，而且像是软底鞋在地面上移动的响声。

杨静莎想叫却不敢叫出来……

如果那是个闯入者的话，肯定会知道她在这儿的。

就在这一片寂静中，杨静莎那由于惊恐所造成的越来越大的、参差不齐的呼吸声显得非常响亮。那听起来简直就像是拉风箱的声音。

此时那种脚步的声音已经越来越近了。杨静莎的心在怦怦乱跳个不停。杨静莎在想自己是否应该偷偷地溜走，或直接冲出去寻找这个声音的来源。

现在必须在刹那之间做出决定，并要把它付诸实施。多年混社会的经验让她学会果断下决心。此时她慢慢地、尽可能轻地从浴室里往外走，然后沿着大厅离开了那里。

不过她呼吸的声音仍然是很大的，越大越让她紧张。杨静莎开始俯下身子，然后沿着门廊的墙爬了起来，现在她希望，地上没有什么需要她跳过去的障碍物。不过现在她已经爬到了进卧室的那个门了。街灯的灯光穿过了窗户，照亮了黑暗的卧室。

杨静莎在地面上慢慢地爬行着，感觉自己就像是一只笨拙的壁虎。现在她可以看见一个人的影子在晃动，似乎要朝自己这边扑过来了。

杨静莎大叫了起来，然后她跳起来沿着她进来的路开始往回跑。现在她的叫声并不能刺透她家的隔音玻璃，之前她为了在家里安静地上网，特意把房间里所有的玻璃都换成隔音的了。随后她跑进了自己放电脑的房间，然后关上门上好了锁。不过她又发现这里的门板太薄，而且是木制的。

不行不行，必须要去其他房间，哪怕浴室的门也比这结实啊！于是她使劲抓住门把手并以非常迅速的动作开了锁把门拉开了，重新回到了大厅里。

然而她刚刚跑进大厅就有一只手抓住了她，随后她被绊倒在地上，她想尖叫，一把刀切入了她的喉咙。

王燕燕做了个梦，梦到魏子华站在自己家的大厅。在墙上洒满了大片大片的血迹。而在她前面的魏子华，变魔术一般变出一个血肉模糊的人形，那人形看上去和那天晚上魏博灵敲打的人形相似。

那人形开始向她这边走来，每走出一步就有血迹从他的身上冒出来，滴落到地板上，因此地上就像开了一地的血花似的。

“王燕燕，你躲不开，”人形说道，“你知道你躲不开那些东西，它们就要来了。”

王燕燕从噩梦中醒过来了，她本来想尖叫……不过声音好像被恐惧堵塞在了喉咙里似的。

身上裹着的毛毯已经被踢掉了，而枕头也已经被汗水所浸湿。

王燕燕坐起身但是仍然感到自己的心脏怦怦地狂跳着。然后她看了一下墙上的钟表，现在也就刚过半夜。从躺下到现在才睡着了两个钟头而已，到天亮起床还得过好久。

王燕燕坐起身，从床上滑了下来，然后深深地开始做几个深呼吸，想要努力放慢自己的心跳。

从外面传来了某种声音，而且就是在旁边响起的。

是窗户那边。轻轻的敲击声。

王燕燕惊恐地从地板上跳起来，此时她的心脏都快跳到喉咙口了。不过因为太过紧张，也未经考虑，她就抓住了窗帘的一角并且把它拉开了。

此时外面站着一个黑影，因为窗帘拉开，黑影似乎是出于好奇，而把脸紧紧地贴在了窗玻璃上。

是魏博灵，是那个疯癫的孩子，他正朝里看着王燕燕。在月光下那孩子的脸简直就像是鬼魅，除了一小道苍白的月光照亮了他的脸之外，黑暗包围着他身体的其他部分。而此时魏博灵的嘴咧得大大的简直让人想起了某种怪兽……

魏博灵的唾液形成了一条线的形状，流经他的下巴开始往下滴落，此时他已经看到了王燕燕，但仍然继续用一根什么东西在窗户上轻轻地拍打着。

王燕燕鼓起了所有的勇气，冲魏博灵低声喊道：“滚！滚回你家去！”

魏博灵凝视了她一会儿，随后咧嘴笑了起来，他肆无忌惮地继续把脸贴在窗户上。

“滚！快滚！”王燕燕把窗帘拉在一起，从它们之间的小缝隙里窥伺外面，只见魏博灵那庞大的身影继续站在那里，脸因为紧贴窗玻璃而泛白。

过了几分钟，那家伙最终从窗户旁边离开，消失了。

王燕燕喘着粗气坐在床边哆嗦了起来，现在回头去想却感到比刚才还要害怕，而且也更加不安。

魏博灵这个孩子的某些行为简直让人无法理解。和今晚的情况相比，之前那些都不算什么了，现在王燕燕觉得他应该比想象中更加难以捉摸——他为什么会在这个时候出来呢？又是怎么进入了她家窗台的？

明天一大早她必须到魏博灵家，跟魏子华好好说说才行。

王燕燕想方设法平静心情，然后再次钻进被窝里。在躺下之前她再次瞥了一眼窗外，现在已经看不到魏博灵了。

第十五章　随机犯罪

随机性犯罪是所有警察头疼的事儿。无论是因为贪财而杀人，还是因为情感纠葛而杀人，或者是两派人马为夺个地盘儿而斗个你死我活，至少都会有个犯罪动机在，而顺着犯罪动机，就会最终抓到元凶。可是世界上偏偏有随机性犯罪这种东西。对于杀人的方式是任意性质的，对于所杀的对象也是随机选择的。

如果是随机性杀人的话，找凶手的难度最大，尤其是遇到高智商的凶手。

陈冬看了看摊在他桌子上关于本案的资料，简直是一塌糊涂，没有一点儿能对应得上的，尽管直觉上他认为这些错综复杂的情况都要归类于同一个案子，但办案是要讲实际证据的，直觉在法庭上顶个屁用。

几位法医在第三名死者的尸体上发现了大量的刺伤，而这些刺伤完全与穴位图里的某些穴位是相对应的，几乎覆盖了所有的重要神经所在的位置。就连法医也花了几十个小时，才能为死者皮肤上密密麻麻的伤口拍好照片。

陈冬合上了资料，靠在沙发里，然后闭上了眼睛，试图开始心理侧写。

到目前为止，他只能从这些资料中看出一种东西，那就是凶手的疯狂，这种疯狂还和一般的“发疯”有本质性的区别，而他作为办案人员实在不能理解这种疯狂。

第一名死者是老人，身上有切割伤，尸体被筷子固定在桌子上。

第二名死者是女性，被发现时已经身亡，身上有切割伤，四肢有被捆绑过的痕迹，内脏被取走，尸体被抛弃在马路上。

第三名死者是男性，身体健壮，身上有切割伤和针刺伤，内脏被取走，尸体被抛弃在无人居住的空房子内。

从下刀位置和下刀方式来看，第一名死者身上的刀痕纷乱，切割时多次碰到肋骨。凶手事先没有准备绳索之类的东西，就地取材，用筷子固定尸体。

第二次，下刀已经准确多了，没有碰到肋骨，然而内脏切除得并不算干净。

到了第三次的时候，凶手没有采用绳索之类的方式固定死者，而是用密密麻麻的针眼取而代之，这么做的理由，陈冬目前还没有想到。然而凶手下刀的熟练程度比之前已经有了很大进步。几乎没有多余的下刀，每一次都精准地划开了皮肤与肌肉，有两刀是沿着肌肉纹理割下的，非常完美，达到了外科手术的水准。

凶手是在成长之中，而且进步惊人！

可摘除内脏是为了什么呢?

陈冬想起了自己小时候上过的生物课，在制作小动物标本时，需要取出动物体内的内脏——因为内脏的腐败速度很快，而且会连带把腐败传遍全身，标本就毁了。

莫非凶手是在尝试制作标本吗?如果真的是这样，为什么又要把处理了一半的尸体抛弃掉?

第三名死者死的极其不可理解，假设前两名死者的被杀只是示威和警告，那凶手为什么要杀掉一个身体健康的处于壮年期的男子?如果翻译成杀人犯的语言的话，那么就相当于扇了所有办案人员一记耳光吧，这就算优胜者的一种嘲弄。凶手想要表达的是，只要自己高兴，那么什么事都可以干得出来。

凶手一定满不在乎地说:“之前我可以对死者那么做，也就可以对你们所有人那么做。”

目前已经针对案情的很多特征反复地进行了推演，之后大家推倒了结论，然后重新开始推演，但是结果始终不能令人满意;目前还像一个星期以前一样处于毫无进展的程度。其他人都认为这些案件是某一个人所为，陈冬的设想却是，这些案子是由更多的人完成的，这是系列杀人案，而且多方面的表现都像是一帮人或有组织的团伙所做的。

因为对于一个人来说的话，如果要把几起复杂的杀人案用不同的方式实施得如此完美，偏偏又不留下任何线索，基本上是不可能的。

陈冬考虑的结论是——这些案子里至少有两个人参与，其中一个实施实际的杀人过程，而另外一个人精通调查，在作案前把各方面的事都调查清楚，并在第一个人完成之后实施扫尾工作，清理痕迹。

如果真是那样的话，办案人员必须要提高警惕了。

刘队长有一个不太成熟的想法，他认为凶手可能是一个警方的工作人员，也可能是由几个警方人员共同完成的。他这么想也不是毫无根据。

陈冬被这些烦琐的结论搞得头昏脑涨，此时他睁开眼，钟表显示已是午夜。现在他睡眠严重不足，最近的几个晚上每晚只睡两三个钟头。今天他回家算是比较早的，想早点儿回来补补觉，让大脑彻底休息一下，可惜就算躺下来了，脑袋里却一直都保持清醒的状态。

陈冬思考了这些案子里的每一个琐碎的线索，然后推演了每一种可能，这么一来他就更加睡不着了。

能让所有办案人员略微感到安慰的是目前再也没有发生过新的谋杀事件。

也有可能在凶手身上突然发生了什么意外的事件，这有可能导致办案人员能够在凶手再次作案前抓住他。

也就是天刚蒙蒙亮的时候，陈冬被电话铃声吵醒了。又发现了一名死者，是女性。

陈冬乘车来到办案现场，那名死者的尸体就平躺在房间的正中央，在她身上穿着浅色的贴身衣服，陈冬弯下身以便凑得更近些。陈冬认真地看了看死者的脸，把翻上来的恶心感强行压下去了。

死者的面孔惊人的白。

“瞧地毯上，就连半点儿血迹都没留下。”洪大海揉着自己的黑眼圈说。

“小区的摄像头有拍到什么没有？”陈冬问。

“没有。小区的所有摄像头我都看过了，没有一台记录下凶手的样子。”

“昨儿晚上凶手在这里停留的时间不会太久。而女主人不是个爱打扫房间的人，到处都有垃圾，所以无论如何也该在上面留下一点儿足印才对，对比一下女主人的衣物，看有没有除此之外的纤维留下来，此外就是寻找凶手留下的足印。”

然后，陈冬的目光停留在一件东西上。

“天哪！这是什么？”

“凶手留下的。”洪大海捂住口鼻，脸上露出恶心的表情。

“这是……”

“这是从死者身上采下来的。”

那是一个花瓶，不算大，但里面集满了已经开始泛黑的红色黏稠状物质，一股腥气扑面而来。

不用想也知道瓶子里是什么了。

陈冬感到一阵头晕，他微微摆了摆手，让人把那东西挪开。

“凶手，真的比我们想象的还要凶残啊！这种事儿都做得出来，简直禽兽不如！”洪大海愤愤地说。

陈冬说：“从现在开始，对死者的街坊进行一下调查吧。进来的时候我扫了一眼，感觉这是个较老的住宅区；小区的这些居民已经在这里住了很长时间才对。那些人如果昨天有人在门外溜达的话，应该会注意到是否有陌生人进来过。挨家挨户去问，一个也不要放过。”

“好的。”洪大海接着说，“这会不会是其他人做的……”

“看上去不像模仿犯罪，”陈冬说，“如果是其他人做的，恐怕不会相似到这种程度。”

法医开始检查尸体了。拍照、体温测量，预判死亡时间，在这段时间里陈冬一直在旁边观察。最后法医伸手在死者的小腹按了按，摇了摇头，然后回身对陈冬说：“尸体不对劲，有些内脏似乎被取走了。”

陈冬说：“这要回去验尸进行一下确定，麻烦你们了！”

法医指了指尸体上的一些痕迹，说：“这些是刀痕，下刀的位置非常精准，没有损伤过多的皮肤，在这个位置下刀也不会碰到骨骼或是重要血管！”

“他这么做是为了什么？”陈冬忍不住问。

法医耸了耸肩：“问我吗？办案不是你们该做的事儿吗？我们法医只提供鉴定结果。”

“好吧！”陈冬苦笑说，“那就请多提供一些线索吧。”

法医说：“做这个手术时间不会短，就算是最熟练的外科大夫，在有助手的情况下，也不会低于两个小时。”

“两个小时？”陈冬一震，“用了那么久的时间来完成这个过程，这对凶手来说要冒很大的风险，要么就是有恃无恐，要么，这在凶手的心目中，就是个近乎神圣的仪式。他必须要把它完成。”

“要么就是有强迫症。”洪大海低声说，“或许是个处女座的！”

“从现场情况估计，昨天晚上凶手在这里至少待了三个钟头。主人可能之前没在家，因此房子里没有经过打扫。到处都是灰尘的痕迹。凶手除非戴着手套，要不然，在这里待了那么长时间的话，多多少少都会留下一点痕迹。你们先去找找看，这房间里有没有除了死者衣服以外的纤维物质，再找一找有没有凶手鞋子上带进来的土。凡是本来不属于这里的任何东西都要收集起来。此外，你们还要派人对死者的街坊进行询问。刚才我进来的时候，发现这是一个较老的小区，因此，住在这儿的居民恐怕都已经在这里住了很长时间。那些年纪大一些的人一般都会在户外晒太阳，会注意到是否有不认识的人来这里进出过。你们要查询近期这里进出过的任何可疑人员，并且对发生在这里的任何不寻常的事儿都查一下。”

“好的，这些我都会记下来。”

陈冬望了望房间窗户外面的院子，有几个穿制服的警察正在使用金属探测器进行搜索，他们把探头放进花坛里，然后用金属探测器检查草地一边寻找有可能遗失在这里的凶器或其他物证。而在房子后面的厨房门口，警员小李正在和死者的妹妹谈话，此外旁边还站着之前发现尸体的人。

“这回的案发地点，和之前发生案件的地方并不属于同一区域。这儿都几乎算是郊外了。”洪大海说，“会不会是模仿者做下的案子呢？”

“看上去根本不是模仿作案，”陈冬面无表情地说，“除非是某位外科医生，才能达到那么精准的下刀水平。并且还要对凶手之前的杀人手法加以复杂的研究，否则的话达不到这样的模仿程度。”

“这么看来是那个凶手又出现了，增加了新的牺牲品。”洪大海略带沮丧地颔首道：“一定是这么回事。”

陈冬对洪大海说：“现在咱们就要加强巡逻了。需要警车在半径十公里以内对每条街、每条胡同都进行巡逻才行，要是平常行人稀少的路线这个时候就要更加仔细地搜索。”陈冬说道，“要是他还在推行自己的计划，那么我们仍然有可能抓住他的。”

“兄弟们。”洪大海急匆匆地从后门跑出去后，对站在门厅前的几名警员大喊，“有新任务给你们了！”

“陈冬，这么做可以抓到他吗？”法医问。

陈冬摇摇头说：“这我可不知道了，可现在事态紧急，必须做点儿事。”然后他的眼光又一次投向了那个装血的容器，“反正这类恐怖的事儿必须停止才行。”然后他朝下看了看尸体。

“把能来的所有法医都招呼来吧，把尸体抬回去，尽可能找出线索，我要线索，什么线索都好。”

尽管大家都很努力，但是第一天的现场勘查并没有发现什么可用的线索。

陈冬去找王燕燕，主要是询问她有没有想起更多的线索。

王燕燕说：“和魏子华谈过没有？”

陈冬说：“谈过了，感觉那位先生的行为举止颇令人费解。他不让去询问的警员进屋，就只让站在门口。”

“那您见过他的弟弟了吗？”

陈冬说：“你是说那个打你的人吧，应该是他，不过看上去他缺乏活力。”

“魏博灵是一个疯子。他哥哥大多数时间把他锁起来。”

“魏子华一家人都很神秘，你有这样的感觉吗？”

“其实在我们小的时候，魏子华家现在住的房子就很不对劲，大人们说那里有不干净的东西。那家以前的男主人杀了自己的家人，然后自杀了。从此以后再也没有人在那儿住了，直到魏家人搬进来。”

“凶宅？有意思。”

陈冬和其他几位同事开了个会。

陈冬说：“本次案情的发展非常复杂，超乎想象，根据之前掌握的证据，我们判断案件是由一人完成，可现在杀人方式越来越多，并且每种杀人方式都需要非常精准的特殊技艺才能完成，每种技艺之间又毫无关联，这就让我们想到，有可能是由团伙所为而非单人所为。这是一个杀人团伙，其中的每个人都有自己专精的技能，而且每个人的水平都很高。现在要做的，是大家群策群力，集中精力把这个案子破掉。”

“这会不会是一帮精神不大正常的人呢？根据目前掌握的情况来看，精神正常的人不会那么做的。”

“需要有更多线索才好。目前也不能断定就是精神有问题的人。”有人回答。

“那你说，精神正常的人会冒着被警察抓住的风险，在现场花好几个钟头去摆弄那些复杂的东西？就单纯为了卖弄自己的专业知识？”陈贺礼反驳道。

“目前情况的确不好肯定，”陈冬说，“这些案子到底是单个人所做，或者是一个犯罪团体所做，需要更多证据证实，刚才我也只是一种判断，而狡猾的犯罪分子也是经常放出烟幕弹的。现在所有人都要保持警觉，以冷静的态度对待现有的线索，从中找出蛛丝马迹。这样才能有更多进展。”

洪大海点点头。

“现在也不算有什么进展吧？”陈贺礼说。

“对啊，”陈冬承认道，“没有进展。现在已有的线索都摆在桌上。”

“还是想知道为什么有人要找这种麻烦呢？”陈贺礼说，“这么做的目的是什么呢？”

“恐怕没有什么目的吧，”洪大海说，“感觉像是发了疯所导致的。”

“可是发疯也该有发疯的理由才对吧。这个家伙又是怎么确定自己的猎杀对象的？”

洪大海说：“你这是在按正常的思维去理解的吧？如果真是精神病人的话就没有任何行为逻辑可言了。”

“如果凶手已经得了精神病，以至于做的所有事情都毫无逻辑可言的话，那么也一定会犯下错误，会有疏漏，既然这样应该可以把凶手抓住才对。”

陈冬闭上眼睛，假若杀人凶手是一个精神不稳定的人，杀人在其眼中是一种特殊的崇高仪式，而被害者则是祭品。这么看来，倒是一种非常合理的假设。

第十六章　血腥仪式

陈冬眼皮抽搐着，站在一片工地的边缘。他额头上渗着冷汗，衬衣的领子紧紧地粘在皮肤上。

万万没想到，就在短短的十几个小时之后，又一具被害人的尸体被发现了。

这次的现场，距离上次的现场不过二十公里。

“老天爷啊！”陈冬听到旁边的警员在低语，“这罪犯真是太猖獗了。”

就在工地的正中央，还没有完全铺上水泥的土地上，平摊着一具苍白的人体，离着老远就能闻到一股腥臭的味道。

陈冬表情麻木地从车里取出了口罩和手套，戴上之后，慢慢地向那具人体走去。

看上去，受害者是一个成年的男人，由于面部沾染了泥污与血污，看不清面部表情。尸体正面的上半部分被开了一个大洞，可以看出皮肤和肌肉被撕裂开来，几颗工地上的沙石被嵌了进去，形成了不规则的点缀。

流血还没有停止，不过现在已经显得有些黏稠，多事的苍蝇开始在周围打旋儿。不过和之前相比，凶手这次的手术执行得有些匆忙，一些明显是从受害者身上取下的粉色的皮肤碎片和鲜红色的肌肉碎片被丢弃在一旁的水泥板上，腥气重得似乎带了铁锈味道。

如果说之前的场景已经够血腥的话，那么目前的情况只有更糟。

凶手的大胆与残暴在无限蔓延。

之前，凶手还只是在受害人的房间内下手，而现在已经变成了“露天作业”。不在乎被人看到，也丝毫没有掩盖的意思。

这在警员们眼中，就是赤裸裸的示威。

令人难以忍受的是，即便凶手这么做了，依然没有留下任何目击者。

凶手就这么大大方方地来，又安然无恙地离开了。

警戒带拉到了尽可能远的地方，警车和警员将现场巧妙地围了起来。

“死者的身份查到没有？”陈冬问。

“崔荧荧，”陈贺礼说，“是一家私企工作的白领。”

“身份核实了吗？”

“身份是从死者身上携带的证件查到的，对比了证件上的照片，已经核实了。”陈贺礼说。

“法医什么时候到？”

“马上就来。”

“好。”陈冬往下看了看残缺不全的尸身，又看了看周围盘旋飞舞的苍蝇，眉头又紧皱了起来。

陈冬伸手朝周围的工地一比画：“现场又没有留下足迹？”

陈贺礼脸上露出了一丝难堪的表情：“这个……”

“有就是有，没有就是没有，直接回答。”

陈贺礼犹豫了一下，说：“没有。”

“确定没有？”陈冬其实还保留了一丝希望。

陈贺礼苦笑着说：“每一寸土地我都筛过了，不光是肉眼看，还借助了仪器。没有。现场什么足迹都没留下。”

陈冬的眼瞪圆了：“你这么说，难道凶手会飞吗？看得不够仔细！再去检查一遍！”

大海看出陈贺礼简直要哭出来了，赶紧过来打圆场，他拉着陈贺礼说：“走走走，我帮你，多一个人多一双眼睛嘛。”

陈冬也意识到自己有些失态，赶紧用比较和缓的语气说：“你们俩先等等，我打个电话，多争取些人手过来。场地很大，人少了难免会有遗漏。”

布置完了之后他回到尸体旁边，蹲下来，强迫自己在这具血肉模糊的残骸上集中精力。

陈贺礼低声问大海：“陈冬有多久没睡了？我看他那俩眼圈都是黑的。”

大海低声答道：“明知故问，第一次摊上连环杀人案，他能睡踏实吗？何况这回……这回的凶手也太惊人了。”

陈贺礼说：“你别怪我长他人志气灭自家威风啊，这回，我是真觉得，找不到更多线索了。”

大海盯着他的眼，说：“只要是人犯下的案子，就一定会留下蛛丝马迹，我们当警察的，就是要找到那些蛛丝马迹。”

陈贺礼苦笑道：“万一对方不是人呢？”

大海瞪着眼说：“你这是啥意思？”

陈贺礼伸手在他肩上拍了拍：“我开玩笑的，不过，你说这凶手是不是从天上飞下来下的手呢？真的是找不到脚印啊。”

大海抬头望了望天，耸了耸肩：“你问我，我哪儿知道。准备好你那俩眼，咱们今儿可是要把这块地皮翻上几遍啦！”

终于，在多方人员的合作之下，新的线索出现了。

凶手毕竟不是神，也没有翅膀。在地面上，寻找到了他的足迹。

几个脑袋凑在电脑前，仔细端详着这枚足迹。

通过现代科学技术，可以将拍摄下的足迹进行数字建模，并且粗略估算出足迹主人的一些信息。

“根据计算，足迹的主人身高在一米六以下，穿的是很常见的平底鞋。”

大海把得出的结果汇报给陈冬。

一名警员嘀咕道：“没有更多的信息了吗？我们出动了这么多人力，就得到这么点儿东西？”

陈冬抓了抓头发，说道：“其实，这就已经给出很多信息了。这些信息可以告诉我们，凶手的个头比较矮小，可能是发育不良的成年男子或女子……大海，你去调查附近的监控系统，把所有符合这一特征的人都给调出来。此外，陈贺礼，你去根据这个鞋印，调查一下这是双什么鞋，最好能从附近的鞋店查出来点儿什么。”

在下完命令之后，陈冬忽然觉得自己好像忽略了什么东西，但是这个想法只是在脑海中短暂闪过而已，很快他就又去忙活儿别的事儿了。

王燕燕又熬了一个通宵，倒不是因为她有什么事可做，她是打算再换一份工作，因此就把各个招聘网站上的信息都翻了个遍。

然而，让她特别心动的工作根本没有。要么待遇太低，要么离家太远。

“这个世界还是不够完美。”王燕燕嘟囔着。

她根本提不起做早饭的劲头，随手打开冰箱，打算有什么吃什么就好，但冰箱里除了冰块外几乎空无一物。

出去买个煎饼吧。她想。

正当她抬起头，把冰箱门关上的时候，她看到窗外有个人影滑过。

王燕燕僵住了，过了好久才从冰箱前挪开，然后来到窗前。

窗外就是阳台，然而阳台并没有人。

于是她觉得这一切都是错觉，大概是自己没有睡够，神经开始出现问题了吧。

吃点儿东西，一切都会好起来……

正在这时，从窗户上方倒悬下一个人头，和她面对面。

是魏博灵，他目不转睛地看着王燕燕，口水流出他的嘴角，沿着脸颊往下淌，在额头的皮肤皱纹里汇成一条亮线。

魏博灵怎么可能倒悬在空中？

王燕燕退了一步，又退了一步。

这么近距离观察的话，魏博灵的眼睛似乎是不对称的，一边大，一边小，目光中透出浑浊与呆滞。他忽然向着王燕燕伸出一只手，似乎是要碰触王燕燕的面颊。

“不！”王燕燕尖叫了起来。

魏博灵浑身一颤，像是一只受惊的蜘蛛一般，向上一缩，忽然不见了踪影。

王燕燕愣了半晌，从屋里找出一只羽毛球拍，她拎着球拍冲进阳台，抬头向上望，屋顶上确实已经不见了魏博灵的踪影。

然而他的眼神，他那只向自己伸出来的手，却已经深深镌刻在了王燕燕的脑海里。

第十七章　刀锋冰冷

当晚11点20分，邻城。

身着白色长裙、穿着高跟鞋的女孩从地铁站里走出来，边走边打电话。

“我跟你说过多少次了！咱们之间结束了！就这样吧，别再打过来！”

女孩“嘁”了一声，关掉手机，塞进镶金嵌银的真皮手包里。借着地铁站里透过来的灯光，她摸出手包里的镜子，仔细端详自己的妆容，摸出口红补了个妆。然后她对着镜子满意地微笑，接着摆了个剪刀手的POSE。

就在把镜子收起来之前，她瞥到镜子里闪过一个影子，她回头一看，影子不见了。

身后是空荡荡的车站，车站的栅栏门正在自动合拢。末班车已经进库，工作人员也已经下班了。

头顶上，车站出口的监控器还在一闪一闪地工作着，她忽然觉得，在这只“眼睛”的监控下，自己很安全，而且她下意识地觉得，自己不应该走出这只“眼睛”的监控。

一阵夜风吹来，她忍不住打了个嗝。

今晚在酒吧喝了太多酒，那帮臭屌丝一个接一个地过来敬自己，偏偏还要伪装成巧遇的样子，什么“小姐，现在几点了”“美女，你长得像我一个同学”这样老套的台词也能说得出口，真替他们感到尴尬。这么多年了，猎艳的人是不是只注重下半身而忽略了长脑子？

酒精的作用渐渐起效，她觉得困了。

不行啊，明早还要上班。至少还要洗个澡敷个面膜……美丽是她的武器，她不能允许这武器变钝。

于是她打算用打车软件叫车，无奈这里作为终点站实在太荒僻了。十五分钟过去了，一辆车也叫不到。

她一边愤愤地咒骂着，一边加快脚步走向家的方向。

路上能遇上个头脑简单点儿又有正义感的男人就好了，稍微假以辞色就可以让他送自己回家了，说不定以后还能成为自己的“常任保镖”呢。

细长的鞋跟在路面上频频打滑，她走得实在太快了。一边走一边还要留神后面有没有人跟着，草丛里有没有藏着……

前面花坛里的灌木丛一阵簌簌作响。她吓得停下了脚步，伸手去摸包里的防狼喷雾。

已经忘记了是哪任男朋友给自己留下的了，哦，好像是那个只会穿格子衬衣，说话有些腼腆的技术宅吧，当时他送了一个礼盒过来，层层包装，还以为是名牌香水，结果打开一看，居然是个黑不溜秋的不起眼的瓶子，还附带厚厚的一本使用说明书……自己一直带着它，倒也不是因为自己对那个技术宅还有所依恋，而是自己现在走夜路的次数越来越多，好吧，谁让酒吧离自己家那么远呢……

防狼喷雾抽出来的同时，灌木丛里猛地一阵扑腾，接着，两只猫一先一后从里面窜了出来，带着受惊的表情从她面前跑过。

“臭猫！”她骂了一声，并且发现，自己刚刚举起的防狼喷雾连盖子都忘了开。

幸亏遇到的不是什么坏人。

这一路上跌跌撞撞，总算走到了家门前，摸出钥匙开了门，迅速反锁，然后把包包朝沙发上一丢。她总算松了口气。

客厅里的灯亮着，从里屋发出来的她所熟悉的电视机的荧光，然而，当她注意到有扇窗子没有关好的时候，她觉得从脚底升起了一阵阵寒气。

女孩好不容易才把尖叫强制压抑在了喉咙深处，她踌躇了一下，又从包里拿出那个外形很搞笑的防狼喷雾，然后穿过客厅向那扇窗户走去。

这里是一楼，而且整座大厦都是刚刚开盘的，搬进来的住户并没有多少。小区里的保安也少得可怜，就算是尖叫也未必有人能赶来帮忙，还有可能激怒潜入屋内的人。

不过她更愿意认为并没有人进来，窗户是被风吹开的，何况窗子外面安着防盗网，这世界上不会有人能穿过防盗网钻进屋子。除非会什么缩骨法。

“咳咳……”她低声地咳嗽了两下，算是给自己壮胆。

当她来到窗前时，有件事情让她大为震惊——自家的窗外居然没装防盗网！可能是由于施工者的疏忽，窗户外面就是另一座楼的墙，两座建筑距离很近，大约不到一尺，也可能是由于这个原因，施工者就没给这窗户装防盗网。

她关上了窗户，并且上了暗锁。

自己搬进来的时候怎么没注意到这一点呢？！她开始深深地懊悔，不过这房子也不是自己的，而是某位追求者为她租下来的，免费给她住，她也就大大咧咧地住进来了，这才住进来没两天，之后也没仔细检查过窗户这种小事，她只在乎床够不够舒服，衣橱够不够大。

“呼……”一种很低沉的气流声音从屋子的深处响起。

她再次僵住，她分辨那声音的来源，似乎是来自卧室。

“呼……呼……”

她颤巍巍走向卧室，那声音越来越清晰。

女孩儿舔舔嘴唇，那声音，很像是呼吸声，非常响的呼吸声。

对方似乎很兴奋，或者很紧张，呼吸显得急促而粗重。

她一手举着防狼喷雾，一手去掏手机，报警电话是多少来着？114？120？不对，是119？哦，糟糕，怎么越着急越想不起来！

呼吸声忽然停了。

是110！

女孩迅速拨号。

“嘟……”手机正在连线中。

就在手机接通的那一瞬间，从卧室里冲出一个影子，那人手里拿着刀。

女孩儿在尖叫中使用了防狼喷雾。

距离太远了，那人还没冲到面前，就看到了她手里的喷雾瓶子，那人放慢了速度，和她保持距离，防狼喷雾的气味弄得满屋子都是。她也被呛得几乎要打喷嚏，随后，那人忽然伏低了身子，用双手捂着脸，用右手的手肘向她的腰撞了过去。

女孩儿忽视了很重要的一点：防狼喷雾只有在对准对方口鼻眼睛这类敏感器官时才会起效。当她漫无目的地喷射时，其实是在浪费喷雾。

对方狠狠撞在她身上，并且撞掉了她手里的瓶子，一只手伸向她的嘴，把她的下一声尖叫堵在了嘴里。

女孩儿的脑子里闪过很多她在朋友圈、微博上看到的女子自卫技巧，比如用膝盖顶对方裤裆……比如用高跟鞋的后跟踩对方脚背……

现在她才发现这些技巧在真实的遇袭里是多么脆弱无力。由于在移动中无法保持平衡，她根本无法对准对方的身体……纤细的鞋跟也轻易就折断了……

这些收效甚微的挣扎动作甚至刺激到了凶手。

她的皮肤感到了冰冷的刀锋。

然而，对方并不急于杀她，而是一点儿一点儿施加折磨。

接下来的几个小时，是她这辈子最后的几个小时，然而把此前所有的痛苦都累积起来，也不如这几个小时的多。

她切身体会到了“生不如死”一词的意义。

死前她开始怀念那些被自己甩掉的男人，现在，哪怕有一个也好，她希望能在她身边。

她耳畔回荡着凶手充满狂喜的笑声。

惊魂未定的王燕燕检查了一下自家的屋顶，她没有发现什么痕迹，只有在窗户正上方，有几个磨白了的圆圈形状的图案，情绪激动的她没有多做考虑，就拨通了陈冬的电话。

“陈冬警官吗？我是王燕燕，您好，抱歉打扰了，上次说的那个孩子，这次又……”她把事情经过向陈冬描述了一遍。

正苦于进展缓慢的陈冬眼前一亮，他来到市区地图前，先在地图上标注了几名受害人事发时所在的位置，他再把魏博灵家的住址标注在地图上之后，吃了一惊。

魏博灵家的位置，几乎就在那几名受害人受害地点的正中央！

在很多连环杀人案中，凶手都会选择自己熟悉的环境，找离自己比较近的人下手。

一种“踏破铁鞋无觅处，得来全不费工夫”的感觉在陈冬心底油然升起。

虽然不能马上肯定那个叫魏博灵的孩子与这些事情有关，然而为什么不把他带回来问问看呢？

他迅速吩咐几名手下和他一起出发。

大约半小时后，他们来到了魏博灵家的门口。

王燕燕站在自家窗户后面，隔着窗帘，看着这一切。尽管警察来了，但是她依然感到害怕。十来岁的小孩儿为什么给人这么一种恐怖的感觉？她竭力说服自己，魏博灵没什么好怕的，然而昨晚的那一幕依然让她觉得不能按照常理去理解。魏博灵是怎么施展那种倒悬下来又迅速缩回屋顶的技巧的呢？屋顶的那些白色圆圈又是怎么回事？

陈冬敲响了魏博灵家的房门。

过了好半天，门被慢腾腾地打开了，头发蓬乱，身穿一件陈旧睡衣的魏子华揉着睡眼出现在门口。

陈冬微笑着向他掏出证件："您好，我们是刑警队的，想找您弟弟问几句话。"

魏子华愣了几秒钟，当他反应过来这是怎么回事的时候，忽然要关门，然而陈冬的脚早已悄无声息地卡在门和门框之间，他关不上。魏子华马上转身向屋里跑去。

陈冬厉声喊道："站住！"他伸手去抓魏子华，但是没能抓住。魏子华的身影消失在门内的一片黑暗中。

几名警员冲进屋子，陈冬提醒："小心，对方可能有凶器！"

陈冬掏出手枪，他本来就是个谨慎的人，这次又判断对方有可能是连环杀人犯，所以自卫武器必然要携带。

现在魏子华的表现只能说明他心中有鬼。魏博灵是凶犯的可能性提高了。

当陈冬和同事们冲到楼梯口时，发现楼梯上歪倒了好几件家具，这些家具原本可能是好好摆放着的，但魏子华为了拖延他们上楼把东西给推倒了。

陈冬奋力推开家具的同时，闻到了一股熟悉的气味。

是血腥味。

虽然只是非常清淡的气味，但陈冬依然可以确认那是血腥味。而且，那股味道是在进了屋子之后才闻到的。

莫非这里还有尸体?

上去之后的一扇门被关上了。隐约可以听到门内传来魏子华的呼叫。

冲在最前面的一名警员开始撞门。里面魏子华的声音更加尖锐。可以听出是他在劝某人赶紧离开。

“闪开。”陈冬让那名警员让开，自己助跑两步，用肩膀重重撞在了门上。

门框在呻吟中散架，在那一瞬间陈冬闻到了一股浓重的血腥味，一时间他以为自己冲进了屠宰场，然而冲进去之后，他却发现，屋里比他想象中整洁得多。

地上摊着很多书，有些像是看了一半就随手丢弃了。陈冬在匆忙中瞥了一眼，那些书似乎都是和外科手术有关的。

众多的书像伸开翅膀的白蝶一般，将屋子中间的床重重包围。

床上是个男孩，准确地说，是个异常强壮的男孩，外表有些丑陋，然而手臂上肌肉虬结，手掌上有很多茧子。魏子华正在奋力把男孩向窗户的方向拉，似乎是在劝他跳窗户逃走。

“不许动！”陈冬喝道，同时把枪口对准魏子华。

床上的男孩像被指令启动的机器人一般，忽然把脸转向陈冬，死死盯着他手里的枪，眼里闪着光。他双手撑着身子，弓着腰，后背绷紧。

陈冬意识到有些不对劲，但他还没来得及反应过来，男孩就飞快地扑了过来，像是被激怒的豹子，暴怒之后要对目标发动致命一击。

陈冬开枪，魏子华像女人一样尖叫起来，他捂住了自己的脸。

第一枪是空包弹，陈冬是个谨慎的人，他的宗旨是：如果能用杀伤以外的手段镇服凶手的话，就尽可能不见血。

可惜这次的对手是个对此类威胁毫不放在心上的人，枪声和枪口的火焰倒是吓得他呆了一下，但随后就又狰狞着面孔向陈冬扑来。

陈冬无奈地开了第二枪，这一枪是对准男孩的脚下发射的。

地板发出爆裂的声音，然而男孩并没有停下。

陈冬终于将枪口对准了男孩的身体，开了第三枪。

与此同时，其他同事也冲了上去，将男孩按住。

男孩发出痛苦的号叫，那声音就像被陷阱困住的野兽一般。魏子华蹲在墙角，双手将自己的头皮抓出了血。

当把男孩的双手用手铐铐好之后，陈冬长长地出了一口气。

就这样结束了吧？

简直是出乎意料地轻松，虽然疑犯有类似拒捕的举动，但现在给他戴上了手铐之后，他居然意外地沉默。只是他捂着自己的胸口一直呜咽着。陈冬刚才开枪击中了那里。

不是致命伤，陈冬的第三发子弹是橡胶子弹。能不杀人绝不杀人，这是他的宗旨。

他转身对着魏子华，只见魏子华已经哆嗦成了过冬的刺猬，陈冬从心底感到一阵鄙夷。他对一名同事说："给魏子华也戴上手铐，一起带回去。他对于这件案子，肯定有更多了解。"

然后他抽了抽鼻子，问同事："你有没有闻到一股血腥味？"

同事摇头。

陈冬觉得很狐疑，屋子里这么干净，而魏子华和魏博灵的身上也没有血迹，血腥味是从哪儿来的呢?

临走时他让两名同事留下来看住门口，并打电话联系了更多人过来，他要检查整栋屋子，看能不能找到证据。

出门的时候他试图再次寻找那股血腥味的来源，然而这次却没有闻到。

第十八章　密室人魔

魏子华戴着手铐，在椅子上蜷缩成一团。他的眼睛没有盯着对面的陈冬，而是盯着桌子的正中央。

陈冬敲了敲桌子："魏子华，你进来已经三个小时了，还是什么都不想说吗？"

魏子华摇头道："我不知道要说什么，我没犯错，我是老实人。老实人不该被抓起来。"

陈冬哼了一声："老实人？真是老实人的话，我们进门的时候你们干吗要跑？"

"你们……凶神恶煞的，来那么多人，手里还拿着枪，我就一个人，我能不怕吗……"魏子华低着头，不看陈冬的脸。

"人多是没错，可我们一开始可没掏枪出来。再者我们亮明了身份，我们是警察，要你协助我们办案，你不但不合作，甚至还有协助你弟弟逃跑的嫌疑，这你怎么解释？"陈冬厉声问道。

“哦？逃跑？往哪儿逃？我们就是在自己家啊，我们在自己家做什么事儿都不该有人管吧？”魏子华居然笑了起来，“这位警察同志，我在自己家里和我兄弟说两句话也犯法了？”

“在家里说话不犯法，可杀人就犯法了！”

“我杀人了？”魏子华一脸无辜的样子。

陈冬沉声道：“暂时没人控告你杀人，但你弟弟可就洗不清嫌疑了。”

“什么嫌疑？”

“上月二十七日的晚上，你在哪里？你弟弟魏博灵在哪里？”

“我……我们两个都在家里！”

陈冬冷笑了一声，取出一个遥控器，按了一下，墙上的一个显示屏幕亮了，开始播放一个视频。

视频并不是很清楚，像是从某辆车的驾驶室内向外拍摄的。

陈冬说：“上个月二十七日晚上，本市发生一起入室杀人案，凶手潜入了一位居民的住宅，并在将其杀死之后逃走。案发之前，该小区的监控设备遭到意外破坏，主要是外置镜头，这件事儿很蹊跷，因为镜头这种东西一般安得都比较高，平常人是够不着的，而小动物、鸟类，也不会对这种东西产生兴趣的。从现场鉴定结果来看，是被某种钝器破坏的。能使用工具，显然不是动物，只能是人。然而能爬到那么高的人，不光本领高，胆子肯定也不小。当然，这都是后话，当时小区的保安们并没有意识到这一点，他们只是打了报修电话，而当时是周末，报修之后要等下周的周一才会有人来修理，周六和周日，连续两天，小区等于是没有监控的。这就给凶手留下了可乘之机。”

“然而天网恢恢，疏而不漏。虽然小区的监控器坏掉了，却还有另一种东西，充当了监控器的作用。”

“小区里住着一位卡车司机，二十七日晚上，把车停在停车场里，由于太困了，他把车锁好之后就回去休息了。车上有一件东西忘了关，那就是行车记录仪。而行车记录仪所对着的方向，正好是受害女子所住屋子的方向。”

陈冬调整视频，快进了一段，然后停了下来。

屏幕上出现了魏博灵的身影，虽然很模糊，但可以判断就是魏博灵。他身上还带着一个背包，一捆绳子。魏博灵向着受害人住处的方向走去，不一会儿，消失在夜色里。

陈冬又调整了一下视频，快进了一段，时间显示是在几个小时之后，魏博灵从房子的方向回来了，依然是带着背包和绳子。

“能解释一下你弟弟为什么要去受害者的家吗？”陈冬瞪着魏子华，“他进出的时间与死者遇害的时间基本吻合。你还有什么要说的吗？”

虽然表情十分震惊，但魏子华还是咬着牙说道：“那不是博灵，博灵绝对不会做出那种事来！”

“能不能做出那种事来，恐怕也不是你说了算的。”陈冬又拿出一沓调查记录，“这是自从你们搬到这个城市之后，你们家周围附近出现的异常情况记录。”

“一个叫王燕燕的年轻人，曾经被你弟弟跟踪和袭击过，她还曾经目睹你弟弟敲打一具人形的物体，不过那东西现在还没被找到，我怀疑那是你弟弟在一件类似人体模型的东西上练习如何解剖。”

“附近一位老人所饲养的鹦鹉被人捏死，甚至捏死之后还将鹦鹉的尸体剖开……现场发现了指纹，也在和你弟弟的指纹进行比对。”

“第二煤矿小区的监控器被人破坏了，是被人扔石头破坏掉的，那个人拥有非常好的瞄准能力以及很强的手劲，在被破坏之前，镜头拍下了一个人的轮廓，和你弟弟的外形很像。那个小区并没有发生命案，但我觉得你弟弟在通过类似的活动练习破坏监控器的本事，以便在没有监控的情况下潜入受害者的家并进行谋杀。”

魏子华跳了起来：“你这都是主观臆测！说我弟弟杀人了，那凶器呢？找不到凶器你们就别这么嚣张！”

这次审问进行了六个小时，显然魏子华的精神没那么容易被压垮。

至于对魏博灵的审问，则陷入了更加麻烦的境地。

魏博灵的智商几乎不足以应付审问，他在审问过程中多次咆哮、痛哭，甚至试图反抗，警员们不得不用手铐把他锁了起来。这个力大无穷的家伙甚至把椅子都给弄坏了。

负责审讯魏博灵的大海对陈冬说，无论问什么，魏博灵的回答都是莫名其妙。看上去他的智商比八岁的小孩还要差一些。对一些常见的词汇都不能熟练运用。

魏博灵在审讯过程中说的最多的几句话就是：“什么时候吃饭？”“我想上厕所。”“我能回家吗？这里的椅子太不舒服了。”

看他的样子，似乎又不是真的在装傻。

陈冬决定请心理鉴定专家，对魏博灵的状态进行评估。但是他也提醒大海，不能对魏博灵掉以轻心，之前也发生过杀人犯企图以装精神病的方式逃避法律制裁的情况。

大海摇着头说：“我是觉得……这家伙真的就是个傻子。”

陈冬说：“即便是这样，那也是个有杀人嫌疑的傻子。”

大海说：“可之前那些连环杀人案的现场，怎么看都觉得是个智商超高的人所做的啊，我都怀疑魏博灵这家伙上完厕所都不会自己擦屁股。”

“智商足够高的人可以把自己掩饰得毫无破绽。别大意，盯紧点儿。”陈冬反复嘱咐。

此时，王燕燕正准备休息。

多日以来的劳碌，早已摧垮了她的精神，如今魏家的人都被抓了起来，她感到前所未有的安宁。

洗了一个热水澡之后，她裹上浴袍来到卧室，现在是深夜十点。就寝前，她忽然想给陈冬打个电话。

人家帮了自己这么大的忙，好歹也要感谢一下。

可是，这么晚了，陈冬是不是休息了呢?

如果休息了就不方便打扰了，看样子，陈冬似乎很需要睡眠。

正在她思考的时候，窗台那边传来了响动。

声音非常轻微，就好像一只纸飞机掉在了窗台上似的。

伴随着那个声音，一个人影出现在了阳台上。

那人身子不高，肌肉发达，身后背着绳子，手里拿着一块毛巾。

他把毛巾敷在阳台门把手上，轻轻转动。

然而，门没有打开。王燕燕最近非常注意个人安全，阳台的门一直锁得好好的。那人眉头一皱，从口袋里掏出一根金属丝，插进了门锁里。

此时的王燕燕背对着窗台，并没有察觉这里的异常。她甚至连浴袍从肩头滑落都没有察觉到，浴袍掉落后，洁白晶莹的肌肤暴露在外，窗外的那人看到了之后，露出贪婪的目光，手里的动作更快了。

门锁的内部传来一声非常轻微的响动，这响动随着金属丝传到了那人的手上。那人心头一喜，再次转动门把手。

“咔嚓！”门锁打开的时候，声音格外响亮，无论是王燕燕，还是阳台上的人，都吃了一惊。

王燕燕一回头，看到了阳台上的人，立刻尖叫起来。

而那人则目露凶光，踹开门，扑向王燕燕。

陈冬觉得自己钻进了死胡同。根据现有情况，明明魏博灵就是凶手，而他则始终处于疯疯癫癫的状态，无法认罪，魏子华则干脆死不认账。

愤怒的陈冬想一枪毙了这俩人，刘队长看出情况不对，命令陈冬回去休息。

陈冬气冲冲地回到自己的办公室，把桌上一堆资料凌乱地摔在一旁。

现有情况对他极为不利。目前虽然有录像显示魏博灵曾经出现在受害者家附近，但并没有直接证据证明此人杀了人。而且，在案发同时，王燕燕正在被魏博灵跟踪和袭击，这是怎么回事？魏博灵会分身术？

这些如果解释不清，法庭上更无法定魏博灵兄弟的罪。

正在这时，同事洪大海走了进来。大海是受刘队长的委托，来稳定陈冬的情绪的，刚进屋，他就说："陈冬，你瞧瞧你自己都成什么样了。回家睡个觉吧！"

陈冬愤愤地说："哪儿有心情睡觉。"

洪大海说："自己去镜子前瞅瞅，腮帮子都塌了，眼窝都黑了，胡子都半寸长了，别人一看你这样，肯定不会把你当好人，赶紧回去睡觉，累垮了更不能查案了，听到没？"

"你……你说什么？"

"我说你回去休息休息！"

"不不不，之前那句，镜子……"

"喔……镜子，怎么了？"

"对……镜子……镜子！对了！是镜子！大海，你真是个天才！"

陈冬忽然欣喜若狂地一拍大腿。

洪大海莫名其妙："是啊，我是天才，你今天才发现吗？"

陈冬忽然站起来，整了整衣服，说："走，咱们再去审讯室一趟！"

"你可别冲动！"

"不会的，我向你保证！"

正在这时，陈贺礼忽然冲进来，慌慌张张地说："阿冬，你认识那个叫王燕燕的女孩吗？"

"是啊，怎么了？"

"刚才接到报警电话，王燕燕隔壁家的小孩听到王燕燕家里传出尖叫，他过去看，发现王燕燕家房门打开着，地上一片凌乱，王燕燕不见了！"

“妈的！”陈冬冲向审讯室。

“说好了不许冲动！”洪大海急忙跟了上去。

陈冬冲进审讯室，一把揪住魏子华的衣领，把他提了起来。

“告诉我！入口在哪儿？！”他大吼着。

魏子华吓得脸色铁青：“警察同志，你这是要伤害无辜市民吗？”

“无辜？！”陈冬睚眦欲裂，“你也配说自己无辜？！你们兄弟的秘密，以及那座房子的秘密，我已经完全搞清楚了！”

数分钟后，陈冬和洪大海跳上了警车，陈贺礼也跟了上来。三个人都带了枪。

警灯亮起，警笛响起，车子向王燕燕家的方向飞驰而去。

洪大海问陈冬：“阿冬，我其实还没弄明白，魏家人到底是怎么回事？”

“魏子华包庇坏人，我们第一次进去搜查的时候，犯人就在那里，然而魏子华挡住了我们，给了那人逃脱的机会。”

“可我们不是抓到魏博灵了吗？”

“那人不是魏博灵，他和魏博灵是同卵双胞胎。”

洪大海和陈贺礼都恍然大悟。

陈冬继续解释道：“只有双胞胎才能有这么高的相似度。也只有双胞胎，才能解释为什么魏博灵可以同时在两个地方出现。”

“可那个人到底躲在哪儿？”

“还记得我们第一次搜查的时候吗？魏子华大喊着冲进房间，就是为了给那人逃脱的机会。而我们在外面也有人看着，所以那人没有逃出去，他一直躲在房子里。”

“那房子我们已经搜过了，没找到他啊！”

“我们第一次进去搜查时，我一进门就闻到了一股血腥味，但之后却找不到血腥味的来源，厨房里也没找到血肉之类的东西。这事儿在我心里搁着，一直没放下。你知道那座房子的历史吗？”

“这个倒不清楚了。”

“多年以前，那房子被一个姓司马的先生买了下来。司马先生曾和自己的妻子很恩爱，但有一天他忽然说自己的妻子有外遇，并且杀了她。他为什么这么肯定妻子有外遇？有可能是他躲在室内的某个秘密空间里，目睹了妻子和别人发生关系。我继续往前调查，发现那房子是‘文革’期间修建的，修建者曾经被打成右派，当时这是一件很可怕的事，但修建者安然躲过了‘文革’的高峰期，度过了那场浩劫。这使得我更加相信房子里有密室。”

“嗯，魏子华告诉了你密室的入口在哪里吗？”

“是的，希望还来得及。”陈冬的心里火烧火燎，他恨不得这辆警车变成筋斗云，马上飞到目的地。

王燕燕被刺鼻的气味刺激得醒了过来，她发现自己身处一个黑漆漆的空间内，头顶是老式的瓦斯灯泡，由于电流不稳，灯泡一会儿亮，一会儿暗，还时不时吱吱作响。在前面不远处，站着一个人。

“魏博灵？！”王燕燕失声叫了出来。

那人听到声音，转身走了过来：“美女，醒了？”

王燕燕想后退，却发现四肢动弹不得，低头一看，自己已经被绳索束缚了起来，她忽然想到了之前做的那个梦。

那人看着王燕燕裸露出来的肌肤，舔了下嘴唇。

王燕燕蜷缩起身子。

那人说：“还没正式自我介绍，我叫魏博彤，是魏博灵的双胞胎哥哥，魏子华的弟弟。”

“啊！”

“嗯，我们俩出生的时候难产，母亲去世了，弟弟因为缺氧，脑子不大灵光。我可跟他完全不一样。”魏博彤在桌上摸索了一阵，摸出一个皮包，打开之后，里面是各种精致的手术工具。

“进口的，非常好用，用来解剖人体，可以方便地切开肌肉和筋腱。”魏博彤解释道，“之前我抓了人并在他们身上练习手术，被我那个白痴弟弟看到了，他就在工地上拿水泥袋模仿，还被你发现了，唉，这怎么模仿得来。解剖人体，必须用活人才好啊！”

“你……为什么要练习手术？”

“为了获取一具好的身体啊！”魏博彤一把撩起王燕燕的衣裙，摩挲她的肌肤，王燕燕躲也躲不开，眼里噙满了泪花。魏博彤啧啧称赞道：“多好的皮肤啊，我要把你的身体变成收藏品。永远藏在家里，天天欣赏。”

他来到墙边，拉起一道幕布，说：“看！”

王燕燕看了一眼，便恶心得呕吐起来。

那是一排高大的玻璃缸，里面用福尔马林液浸泡着几具人体。有女性，也有男性。多数是体型匀称，容貌俊美的青年。在福尔马林液中，他们静静地沉睡着。

“我生来就是这副丑样子，但这并不影响我对美的追求，这么多美丽的人体，都是我收集来的。现在警察发现的那些尸体，都是被我抛弃的。他们或者是我练手的结果，或者是在标本制作过程中失了手。唉，我也不想浪费啊！”魏博彤叹息道，“不过，现在你来了，一个你能顶上千个他们！”

王燕燕哭道：“你会不得好死的！”

魏博彤笑道：“别这么说，你死前还会享受一种特殊优待。我会用针灸的方法为你麻醉，麻醉了之后你就不会叫，也不会乱动了。之前我在一个人身上试过，哈哈，她老公现在还在等着她回家呢。”

他从皮包里抽出一把手术刀：“来吧，美女。春宵一刻值千金，可不要浪费哦。”

一把手枪顶在了他的头上，随后，陈冬的声音响起：“你自己去监狱里享受吧！”

陈冬等人将王燕燕救出，魏博彤也被押赴监狱。不久，魏博彤、魏子华被判以极刑。魏博灵则被送往精神病院，将终生在那里度过。

王燕燕经过这场劫难，卧床一个礼拜才休养过来。在此期间，有人对她提供了无微不至的照顾。这个人，自然是陈冬。

不久后，两人开始约会。

直到那天，两人在雨天分手。

陈冬望着书架，那里还放着王燕燕买来的书。

这个时候，不知道王燕燕过得怎么样了。

第十九章　唯一生还者

陈冬彻夜未眠，直到天亮。他最终还是决定，去崔雨昕的生日聚会。

说是聚会，其实也就两三个人，除了崔雨昕，就是保护她的警员。

陈冬捧了一束鲜花进屋——他实在没想好准备什么礼物，只好选择送花。

崔雨昕却笑吟吟地接过花束：“真会选，我最喜欢玫瑰花了。”

陈冬讪讪地笑了笑。其实他只是随手拿的。

蒋丽欣也在场，她对陈冬说：“陈哥，之前掉下山坡的连环杀手，目前还没有找到，但是在距离山坡五公里左右的泄洪渠的下游，发现了一具男尸，身高和衣服都和连环杀手相似。只是目前尚不能确定是不是他。”

陈冬说：“最好是这家伙，那就可以告慰陶泽的在天之灵了……”

他忽然一愣，因为闻到了一股熟悉的香味。

只见崔雨昕从一个礼盒里取出一个香水瓶，她喷了些香水在手腕，轻轻地嗅了嗅。

陈冬对这香水的味道非常熟悉，这和王燕燕之前用的香水是一种！

“冬哥，你怎么了？”崔雨昕看陈冬表情异常。

陈冬勉强笑道：“没事儿……就是有点儿走神儿。”

崔雨昕说：“哈哈，是饿得发晕了吧，怪我怪我，都把上菜的事儿给忘了。丽欣姐，帮我一把，咱们去厨房端菜！”

这顿饭吃得陈冬心里热乎乎的，他很久没这么放松过了，而且不知怎么的，最近只要一看到崔雨昕，他就觉得心里很平静。

可能这和他能看清崔雨昕的脸有关吧。

酒过三巡，蒋丽欣凑近陈冬，轻声问：“陈哥，你和你女朋友是怎么了？”

陈冬说：“没怎么，分了。都好久了。”

蒋丽欣说：“那天，有个女孩来警队找你，她说她叫王燕燕。”

“她……她都说什么了？”

“她说她要去外地工作了，之前的联系方式都会换掉，让你别再惦记她了。就这些。”

陈冬心里泛起一股说不出的滋味，虽说这种情况也在自己的预料之中，然而就这样突然由自己熟悉的人讲起，他还是有点儿不自在。

蒋丽欣忽然问：“陈哥，你还会回警队吗？”

陈冬说："我不知道……我感觉自己不再适合警察这份工作了。这也是为了不拖累别人。"

蒋丽欣嗯了一声，眼里的光黯淡了下去。

崔雨昕凑了过来，对陈冬说："冬哥，明天我要去严院长那里，你陪我一起去吧？"

陈冬问："你去他那里干吗？"

崔雨昕说："实不相瞒，其实我也有一些心理疾病，朋友介绍了严院长为我治疗，所以才会认识他。"

"原来如此。"陈冬点点头。

喝了一点儿小酒，每个人都从心底开始放松。

聚会结束，陈冬说要走了，崔雨昕送他到门口，忽然在他脸上吻了一下。

尽管只是蜻蜓点水的一吻，却在陈冬心里泛起了涟漪。

次日，在严道森的办公室里，崔雨昕接受了严道森的心理治疗。

严道森这次用了某种诱导式的治疗方法，使得崔雨昕沉浸在对自己童年的回忆中。崔雨昕的情绪有点失控，甚至失声痛哭起来，弱者的形象显露无遗。

严道森在一旁，听她陈述。

崔雨昕抹干眼泪，对严道森说："谢谢您，严院长，我哭完了以后就没事了。"

严道森说："崔小姐，我的治疗方法虽然有一定效果，但现在的你，似乎还没准备好去解决你的根本问题。”

崔雨昕说：“我觉得问题没那么严重；即使有，也一定可以解决掉的。”

严道森说：“金属那么坚强，也有疲劳的一天。”

崔雨昕摇摇头说道：“我不容许这种情况发生的，我自小就是这样。”

严道森问：“从小你父母对你期望很高吗？”

崔雨昕说：“是啊，我妈妈每次都要求我做到最好：考试第一、比赛第一，因为每一次取得一个第一，我爸爸都会表扬我妈妈几句。唉，我爸爸本来是期望要个男孩的……”

崔雨昕停顿了一下，苦笑道：“有时候，力求完美就成了一种习惯，一种在其他人眼里看来未必舒服的习惯……”

严道森点头道：“你要明白，完美并不单单体现在自己的成绩上。”

崔雨昕疑惑地望了望严道森。

严道森说：“心灵的完善比追求成绩更加重要，何况，你也不能事事追求完美，一切都要追求第一，压力太大了。就算是世界冠军也会受不了的。”

崔雨昕一个苦涩的微笑，点头，似乎对严道森的话有所领会。

陈冬在严道森办公室外，等待着崔雨昕。不知为何，严道森这次没把门关严，留了一条缝，里面的对话，陈冬一字不漏地听到了。

与此同时，西关，观音堂。

观音堂里有一尊千手千眼观世音像，通体都是黄铜铸就，具体多少年头，没人能说得清，这观音像避过了历次战火的洗礼，众人都说通灵，要不然哪能保存到现在。

然而，就在这号称通灵的观世音像的面前，出现了本来不属于这里的东西——一只手掌。

警方已经封锁了观音堂，正在现场进行拍照和搜证。

刘队长走到观世音像的前面，看了一眼那观世音像，慈眉善目的观世音像眉宇低垂，宝相庄严，与面前那血淋淋的东西完全不融。

刘队长低头检查那只手。

蒋丽欣跟在刘队长身后，她看到那只手，感觉有点恶心，把脸转了过去。

法医李云清对刘队长报告说："根据初步观察，以及对断肢的生命体征分析来判断，截下这只手的时间应该在三小时之内，而受害者可能仍然生存。切割的手法与之前的连环杀手吻合。"

蒋丽欣对刘队长说："这次没有把截取的手掌寄回受害者家人，而是要向公众展示。"

刘队长点点头："这是杀手在公然向法律挑衅。陈冬要在就好了。"他忽然一皱眉，问蒋丽欣："你知道陈冬在哪里吗？"

在严道森的办公室里，陈冬正在接受心理治疗，一通电话打了过来，陈冬接了电话，脸上的表情越来越凝重。

他挂了电话，一旁的崔雨昕走近他，问道："是谁打来的？"

"局里打来的，让我回去。"

崔雨昕愁道："如果你现在回去的话，那你的治疗怎么办啊？"

陈冬一脸犹豫。

严道森说："要不然，我跟你们一起去？之前雨昕提过，想联系连环杀手案中的受害者家属，成立互助小组，让他们早日走出心理阴霾。我也希望能照顾你俩。再者，之前你们局里的人也提过，想让我担任心理顾问。”

陈冬惊喜地说：“那真是太好了！”

在请示局里之后，同意严道森以顾问的身份参与进来。

陈冬回到局里之后，刘队长让他来自己的办公室，陈冬与刘队长面对面而坐。刘队长开口道：“恢复得怎么样了？”

陈冬有点儿犹豫：“有一定程度的恢复，不过……”

刘队长点头：“你要明白，你的角色是案件特别顾问。你仍然在停职期间，没有佩枪，不能执法。”

陈冬说：“好的，我明白。”

刘队长把一沓档案交给陈冬，陈冬重新振作起精神，仔细阅读资料。

这时蒋丽欣推门进来，看了陈冬一眼，随后向刘队长报告：“法医的报告出来了，经过DNA和掌纹的检验，那只手是属于一名叫曹若萱的女性。曹若萱是负责观音堂的文物管理员。二十八岁，未婚。性格内向，爱读书，平常也没和人有过矛盾。”

刘队长点头：“你带人去曹若萱的家里看看，最好能找到点儿线索。对了，把陈冬也带上。”

第七号受害者曹若萱的家，看上去是个书香门第，家里装潢朴素，但是客厅、卧室里都摆有书架。

警员在屋中拍照和收集证物。陈冬看到在桌上摆着一本相册，就打开来看，相册里面的大部分照片都是曹若萱的照片，有近期的，也有小时候拍的。

曹若瑄似乎每隔一段时间就会去拍一次照片，而且，就小时候的照片来看，每张照片上的她，穿的衣服都跟之前的不一样。

蒋丽欣正在和曹若萱的母亲谈话。

曹若萱的母亲哭得像泪人儿一般："我们家若萱啊，向来都很文静，与世无争，更不会跟人结怨，我想不到有谁会对她下毒手，这……真的是难以接受，警察同志，你们觉得她还活着吗？"

连环杀手一般把受害人的肢体给其家属送去之后不久，就会残杀受害人，然后抛尸。曹若萱此时凶多吉少，但是蒋丽欣看着曹母那可怜巴巴的面容，真的不忍心把这番话说出口。

她想了想，安慰曹母道："阿姨，您放心，生还的希望不是没有，我们也会尽力找到她。"

陈冬对蒋丽欣使了个眼神，然后指了指手上的相册。

蒋丽欣点头，对曹母说："阿姨，我们需要把这些照片带回去看看。"

曹母说："唉，那你们拿去吧，可千万别弄丢了。我家若萱可喜欢这些照片了，里面还有好多照片是她过世的爸爸给她拍的……她爸爸早年经常出国出差，每次出去都给她带漂亮衣服回来，拍了照之后洗两张，一张留家里，一张带在身边……后来……"

陈冬打断了她的絮叨："我们可以到若萱的房间里看看吗？"

曹母带着二人来到曹若萱的房间门口，打开房门，陈冬与蒋丽欣进入房间。这房间谈不上奢华，但每处角落里都有精制的装饰品，看上去都是手工自制的。

陈冬走到梳妆台前，上面的一瓶香水引起了他的注意，他拿起香水，轻轻地嗅了一下，合上眼……

白梅花的香味。清淡，优雅。

陈冬脑中出现一个剪影。

使用这种香水的女人，会是什么样子？她文弱、内秀，饱读诗书，渴望能找到共鸣……

这是陈冬从严道森那里学到的方法，算是一种心理侧写。然而，在其他人看来，他不过是在女人梳妆台前发呆。

同行的警员想去叫他，被蒋丽欣制止了。蒋丽欣低声说："别干扰陈哥办案。"

那名警员说："他是不是有点儿……"他指指自己的脑袋。

蒋丽欣瞪了他一眼，说："对自己的同事要信任，另外，管好你自己的事儿就行了！"

与此同时，在孙记肉铺的门口。

崔雨昕打着一把阳伞，根据手机的导航，找到了孙记肉铺的位置。和她同行的还有一名负责保护她的警员。

孙仲良从柜台里出来，一边擦着手一边殷勤地问道："小姐，要买肉吗？我们这里的肉都很新鲜……"

崔雨昕说："你就是孙仲良吗？我……我认识你妹妹。"

孙仲良一呆，问道："你是……我妹妹的同学吗？"

崔雨昕说："不……其实我和你妹妹一样，是连环杀手的受害者。之前我和她被关在一起，后来我逃出来了……当时我尝试过救你妹妹……不过……对不起……"

孙仲良手中的毛巾掉在地上，他的脸色变得青白起来，紧接着，开始急促地呼吸。

他说了声："不好意思。"之后转身来到柜台后面，取出一个舒缓气管的喷雾剂，深深地吸了一口。过了一会儿，他的脸色逐渐正常起来。

崔雨昕用关怀的眼神望着他，说："我这次是来帮忙的。"

崔雨昕这次访问了连环凶杀案中几乎所有受害人的家属，互助小组的事情基本可以落实。

她乘车返回住处。在半路上，她给陈冬打了个电话。

陈冬此时刚从曹若萱的家里出来，手里拿着那本相册。就在这时，他的手机响了。

手机里传出崔雨昕的声音："阿冬，你在哪儿？"

陈冬回答："刚和同事们办完事，打算回去接你。"

崔雨昕说："我今天已经联络上几个受害者家属了，互助小组很快就可以成立起来。严院长答应过了，会给我们主持小组的心理辅导。"

陈冬说："嗯，真不错。"

崔雨昕说："能不能拜托你去帮我买些吃的和饮料，到时候用来招呼他们。我这里还要再办点儿事儿，如果你先到的话，就进门好了，钥匙在门口的地毯下面。"

陈冬说："好的，没问题。"

崔雨昕挂了电话，正好瞥见街角有人影闪动，那人似乎注意到崔雨昕发现了他，用很快的速度离开了。

陈冬让蒋丽欣带着相册去警局，自己先去买东西。他拿着大包小包的东西，走出超市，发觉此时天色已晚，街上连行人都不见了。

他来到自己的车前，发现挡风玻璃上有张纸条。

陈冬拿过纸条，只见上面写着："向你宣战！"

陈冬只顾着看纸条，丝毫没留意有人在悄悄向他走近。那人手里拿着一件东西，蹑手蹑脚来到陈冬背后，忽然把那东西朝着陈冬的脑袋砸了下去。

一击之下，陈冬立刻觉得眼冒金星，手中的东西撒了一地。他下意识地举手阻挡，正好挡下那人的下一击。

那人正要再次向陈冬攻击，只听陈冬一声大吼，将他拦腰抱住，那人猝不及防，被陈冬撞倒在地。

两人在地上厮打起来。

陈冬只觉得额头上破了口子，血从伤口中流下来，眼前的世界被染得一片模糊。

那人试图用手中的硬物击打陈冬，然而陈冬死死扳住了他的手。陈冬注意到这人戴了头盔，似乎是刻意不想让人看到自己的脸。

那人忽然放弃手中的硬物，改为用头撞击陈冬的头。这一撞之下，陈冬被撞得连平衡感都要失去了，而对方却因为戴了头盔，几乎没受到任何影响。

那人趁机摆脱了陈冬的手，站了起来，随后又是一脚，踢在陈冬的脸上。陈冬立刻仰面朝天倒在地上，这下再也起不来了。

那人居高临下，却不忙着继续下手，他只是冷冷地对陈冬说：

“算你小子命大，活到了今天……不过，你早晚落到我手上，我知道你的死穴。”

他伸脚踩在陈冬的身上，缓缓用力，陈冬痛苦地呻吟出声。

这时，陈冬的手机响了。

陈冬连挣扎的力气也没有了。神秘人弯腰取了陈冬的电话，按下了接听键。

崔雨昕的声音响起：“喂，喂？阿冬吗？”

那人冷笑了一声，挂断了电话，随后把手机收进了自己的口袋。

这时超市的警卫隔着窗玻璃看到了外面的异常，随后大喊道：“站住！”然后拎着警棍往外跑。

那人不再逗留，向着街角跑去。

陈冬摇晃了一下脑袋，竭力从地上爬了起来。

“手机……他抢了我的手机……”他抬起头，分辨着那人逃走的方向。这时警卫跑过来搀住他：“您没事儿吧？要不要叫救护车？”

“抓……抓住那个人！”陈冬断断续续地说，“别管我……”

警卫放开陈冬去追那人，但是等他追到街角的时候，那人早已逃得无影无踪了。

陈冬低声问警卫：“你们店门口有没有安装监控系统，最好能拍下那个人的样子！”

警卫为难地说：“这……实不相瞒，咱们这是个小店，监控系统上个礼拜坏了，一直没修。”

陈冬长叹了一声，心想今天算是白挨打了。

第二十章　观音的手掌

天色阴沉，雷声隆隆，陈冬头上缠着绷带，全身湿透地出现在警局门口。

他径直走进一间办公室，蒋丽欣正在整理从受害者家中带回来的照片。

蒋丽欣看到陈冬的样子，吃了一惊："陈哥，你怎么了？"

陈冬摇手道："没事儿。观音堂附近，有没有监控系统拍到可疑人物？"

蒋丽欣答道："观音堂里的那尊观音像是文物，因此在观音堂里是有监控系统的，现在监控系统的硬盘已经取回来了，技术组的同事们正在调取视频文件。刚才我已经过去看了一部分了。"

陈冬说："有录像就好，带我过去看看！"

技术组的人将视频调到电脑上。陈冬与蒋丽欣坐在电脑前观看监控视频。

蒋丽欣说："监控系统的镜头是正对着观音堂的门口的。当天早上，观音堂负责打扫卫生的人发现了观音像手掌上的人手。"

蒋丽欣轻点鼠标，快速移动镜头，只见一位长者拿着扫把从门口内跑了出来，张口呼叫，表情惊惶失措。

蒋丽欣说："我们翻查过当天的录像带，但是没发现有人近距离接触过观音像；不过，在头一天的录像带中，观音堂关门前十分钟，出现了一个可疑人物。"

她把镜头调整到前一天的傍晚。

蒋丽欣用光标指向门口的位置："就是这个戴头盔的人。"

她把镜头定格，放大，门口位置出现了一个戴着摩托车头盔的人，他正在走向观音堂。

这个人的形象，陈冬再熟悉不过了。他刚和他打过照面，还交过手。

陈冬仔细地观察这个人，把他的每个特点记在脑海里。

动作、步幅、身材……

陈冬伸手点了点屏幕："这个人的脸上可能有某种病创。"

崔雨昕问："陈哥，你怎么判断的？"

陈冬答道："他每隔一阵子就会伸手去推自己的头盔，头盔里很闷，容易出汗，他如果脸上有病创的话，被汗水刺激到的话就会发痒。他这是想挠痒，但是隔着头盔没法子挠痒，只能推一下，让脸和头盔的内壁摩擦，以此来搔痒。你看这时间，他出现的时间不超过五分钟，但这段时间内他有三次抬头盔的动作，而且都是在同一侧。"

次日，在崔雨昕的家中，孙仲良、胡氏夫妇、苏树凯、崔雨昕、严道森围坐在一起，气氛有点局促。崔雨昕沏好了茶，将茶水分给大家。

崔雨昕介绍道：“严道森先生是心理学以及脑科方面的专家，专程为我们而来的。”

众人朝严道森点头。

严道森说：“我的工作需要接触很多情绪受到打击的人，可以说各有各的不幸，所以我帮助每个人的方法都不一样，但在所有不幸者中，都存在同一个问题：‘为何不幸要发生在我身上？’”

“当遇到不幸时，一般人会经过悲哀的五个阶段……第一个阶段，否认：‘会不会是搞错了？’第二个阶段，愤怒：‘为什么偏偏是我？’第三个阶段，讨价还价：‘我愿意跟天或神灵交换某些东西。’第四个阶段，抑郁：‘整个人崩溃，不能振作。’第五个阶段，接受：‘因为发现除了接受现实，再没有什么可以做。’有些人会完整地经历五个阶段，有些人则会停留在某个阶段，坐困愁城。我希望可以替大家打开一个出口……”

他清了清嗓子说：“接下来，请大家各自谈谈自己的感受吧。”

苏树凯握紧了拳头，狠狠地说：“我不会原谅凶手的，要是给我抓到他，我一定……不会让他好过。”他两只眼血红，显然一直都没睡好觉。

孙仲良的表情很惆怅，说：“我只能告诉我妈，妹妹到外国旅行去了。我真的不知道，该怎么跟她说妹妹已经死了。”

胡太太擦了擦眼泪，说道：“我每晚都睡不好，刚合上眼，便看到女儿对着我哭。她在世的这二十多年里，每一天是怎样过的，我都记得很清楚。”

胡先生叹了口气说：“轮到我了么？好吧，实不相瞒，其实我每一天都跟上天在斗。我希望可以照顾我太太到最后一刻。”

众人望向他。他继续道：“昨天，医生说我只剩下几个月的命了，我患了癌症。这些年来一直在接受治疗，不过，怕是治不好了。亲爱的，抱歉，一直瞒着你。”

众人一怔。一直不知情的胡太太惊得目瞪口呆，随后，眼泪夺眶而出，她失控地冲进里屋，放声大哭起来。

崔雨昕赶紧跟进了书房，安慰她。

胡先生转向严道森，说道：“我想……我是在讨价还价的阶段，但是老天并没有搭理我。”

苏树凯看看手表，站起身道：“抱歉，我饭店那边还有点儿事，先走了。”随后离场。

崔雨昕在书房陪着胡太太，久久没有出来。

严道森和孙仲良走到门虚掩的书房前，见崔雨昕教胡太太调整呼吸，使她的情绪逐渐平静下来。

严道森以赞赏的目光望着崔雨昕。

孙仲良对严道森说：“也许，我也应该带我妈来，让您和崔小姐帮帮她。”

严道森握着他的手说：“你这么信任我们，我很高兴。”

夜已深，然而在警局办公室内，蒋丽欣和陈冬还在仔细研究案情。

忽然，一个电话打了过来。

蒋丽欣接了电话，随后对陈冬说：“有新的发现。确定了疑犯和二号受害者的关系，他们俩是校友。”

陈冬说：“马上通知刘队！”

“什么事儿找我？”刘队长推门进来了。原来他也一直在加班。这时候正想过来看望一下陈冬。

陈冬报告说：“队长，我们基本上已经锁定疑犯，他叫厉建峰，22 岁，本地人。第七号受害者曹若萱的残肢被发现前两天，这个厉建峰的摩托车停在观音堂附近的停车场一整天。根据调查，他半年前辞了工作离开了家，最近才回来，与连环杀手消失时段吻合。”

刘队长问：“就这么简单？这个人是干什么的？”

陈冬说：“厉建峰有解剖知识，他是医科学生，只是中途退学了。最可疑的是，丽欣查到厉建峰曾追求第二号受害者周梦醒，但遭到对方拒绝。”

刘队长点点头，沉吟片刻：“选好人手，今晚出动，把这个人带回来。”

还不到五分钟，人手就选好了，刘队长亲自带队，前往厉建峰的家，围捕厉建峰。

众人在厉建峰家门前布控，敲了几下门之后无人应答。门口的警员准备破门而入。

陈冬听到了脚步声，他一回头，见走廊另一端有人出现了，那人手上拎了一些食物和日用品，显然是刚购物回来。

来人的身影与走路的姿态，正与监控录像中发现的人吻合。

陈冬低声道：“是他，厉建峰！”

厉建峰已有察觉，他扔下手中的东西，转身就跑。

蒋丽欣喊道:“不许动!”

但对方头也不回，瞬间就跑到了走廊尽头。

众警员上前追赶，陈冬一马当先。

厉建峰对建筑内的构造非常了解，他毫不犹豫地跑到后楼梯口，顺着楼梯跑下几层，跑过一扇门，然后把门锁一扭，这为他赢得了一定的时间。

陈冬撞击那扇门，无奈门锁很牢固，门的另一侧，厉建峰冲陈冬做了个鬼脸。他转回电梯大堂，再向另一条楼梯跑去。

蒋丽欣冲到门前，用枪轰开门锁，陈冬冲过门去，搜寻厉建峰的踪迹。刘队长指示其他警员，到电梯大堂阻截厉建峰。

厉建峰跑到天井，看见与邻座大厦距离不远，突然纵身一跳，跳到邻座大厦。

陈冬见厉建峰跳到邻座大厦，也来到大厦边儿上，然而高高的建筑让他的大脑感到一阵晕眩。他调整了一下呼吸，做了个助跑动作，随后一跃而过。

厉建峰从后门跑出大厦，再由后巷向大街跑去。陈冬第一个追了出来。厉建峰跑到街上，一路上推开挡路人，想要尽快离开，不巧的是，一辆运货的汽车从斜刺里开过来，挡住了整个路口。陈冬赶至，厉建峰无路可逃，想要从车底下钻过去，被陈冬抓住脚踝，拖了出来。刘队长也赶至，警方包围了厉建峰。

厉建峰一脸无奈，他脸上有道疤痕，此时连伤疤都在不断抽动着。

刘队长让警员搜他的身。

厉建峰满不在乎地说道:“各位警察先生，干吗劳师动众来对付我这么一个无辜市民啊？”

警员从他内侧衣袋里搜到一样东西，随后向刘队长展示：“队长，搜到一把刀子。”

刘队长说：“不是说无辜市民么？带回去！”

厉建峰瞟了一眼陈冬，故意朝他龇了龇牙。

陈冬将这一切看在眼里，一言不发。

厉建峰被警员用手铐锁上，关在警车的后座，但他的表情甚为镇静。

陈冬、蒋丽欣与其他警员在厉建峰的家中搜寻线索。厉建峰的家十分简约，除了靠墙放着的摆满了哲学和医学书籍的书架，就只有一张床褥和一个行李箱。屋内十分整洁，地板桌面一尘不染，家具都靠着墙角放，每件桌上的用具都摆成一条直线，带有强迫性洁癖的味道。

蒋丽欣细看一下，发现茶几的下面竟是用杂志垫起来的，杂志按日期整齐排列。床褥下也是用书垫着的。

床褥旁，用书砌成了一张小桌，桌上有闹钟、一些烟草和陶土做的烟斗。

蒋丽欣说：“这人挺奇怪的，连房间都设计得像什么艺术家的展室。”

陈冬蹲下一看，说：“垫在下面的所有杂志都是按日期排列的。似乎没一本摆错。”

丽欣咂舌道：“不可能那么整齐吧？！那也太夸张了！”

陈冬说：“这只能证明他是个强迫症，却不能证明他是个变态。

我们需要一些更有力的证据，才能证实他是凶手。”

数小时后，在警局内组织了对厉建峰的盘问，刘队长认为，本来陈冬是最合适的人选，然而此时陈冬的身份不便，所以还是由蒋丽欣来盘问。

蒋丽欣走进关押厉建峰的小屋，厉建峰此时依然不慌不忙，他坐在椅子上，用手指颇有节奏感地敲打着桌子，斜眼盯着蒋丽欣。

蒋丽欣在厉建峰面前坐下，把手中的一沓文件向桌上一摔，问：“我们已向你表明警察身份，为什么还要逃？是不是做贼心虚？”

厉建峰：“别急嘛。我又不知道你们是真警察，还是假装的。”

蒋丽欣一指厉建峰脸上的疤痕，问道：“这是怎么弄的？”

厉建峰：“在外地旅游，不小心摔了一跤。同志，受伤犯法吗？”

蒋丽欣见这人的心理素质极好，便换了一种方式。她从那沓文件中取出第二号受害者的照片，递给厉建峰，问：“你认识这人吗？”

厉建峰看了一眼，说：“不认识，这谁啊？”

蒋丽欣说：“装傻是吧？她是你大学的同学。”

厉建峰笑了笑，说：“同志，您念过大学吗？您知道一所大学有多少学生吗？照你的逻辑，我要把全校师生都认识一遍才行？”

蒋丽欣说：“我们在你身上找到了刀子，你有携带管制刀具的嫌疑。”

厉建峰说：“哎呀，那么短的小刀也算管制刀具么？好吧，接下来的问题，我要等我的律师来了，再考虑回答你的问题。”

刘队长站在单面玻璃墙的后面，他能看到屋内的情景，而屋内看不到他。他回身望望身旁的陈冬，说道：“陈冬，你要明白你有病，即使你肯定是他，我们也需要更多证据，才能成功起诉。仅凭现有证据，还是困难得很。”

陈冬默然。

崔雨昕告知了互助小组的每个成员，连环杀手落网了。

胡先生替胡太太抹眼泪。苏树凯手握拳头，重重地捶了捶桌面。孙仲良情绪失控，大哭起来，剧烈的情绪波动使得他突然哮喘发作，呼吸困难。崔雨昕快速地从孙仲良的包中，取出治疗哮喘的喷剂，让他吸了一口，又使他的情绪稳定下来。

孙仲良目光温柔地望着崔雨昕，十分感激的样子。

然而，事情并未就此结束。

第二十一章　失控之刃

清晨，在市人民公园内，清新的空气洗涤着人们的呼吸道。广播器正在播放着新闻，今天的头条是《连环杀手落网》。

几个跑步的年轻人路过一尊大理石雕像，忽然，一个年轻人惊叫起来，其他人停下来，莫名其妙地看着他，那人一边尖叫一边指着雕像的脚下，众人把视线投过去，只见雕像的脚下，赫然摆着一只人手。

一小时后，刘队长在自己的办公室内，召集了陈冬及蒋丽欣等，大家就今天发现的新情况开了个小会。

刘队长把一张照片拍在桌上，说："已经确定了新的受害者的身份，赵亚楠。"

蒋丽欣一惊："哪个赵亚楠？"

刘队长苦笑说："还有哪个赵亚楠？就是那个赵亚楠，那个天天进演艺圈混，已经在几个综艺节目里崭露头角的赵亚楠！”

众人一时屏住了呼吸。

凶手如果选择公众人物下手，必然是为了引发更大的轰动。

陈冬接过递来的照片，看了一眼，看不清受害者的脸，只能又把照片放下。

刘队长说：“法医说，从那只断手来估计，切下来的时间，不超过十二个小时。现在我们只有一个生还者崔雨昕，可惜当时她没有见到凶手的容貌，所以等于没有人证。”

众人脸上的表情都很无奈。

刘队长补充道：“凶案现场和尸体上都找不到与厉建峰吻合的DNA，更不用说凶器了。这对我们很不利。”

蒋丽欣说：“而且，最新凶案发生的时间，厉建峰身在拘留所，所以有不在场证据。”

刘队长皱着眉头说道：“迄今为止我们已经扣留了他四十八个小时，他的律师已经在抗议，要我们放人。”

陈冬急道：“队长，绝对不能放厉建峰。最新的案件，可能是他的同党在刻意为他制造不在场证据……又或者是模仿者所为。”

刘队长说：“我们不应排除每一个可能性，但厉建峰的律师就在门外，他如果对记者们说一些不利于我们的话，我们该怎么应付？”

陈冬说：“当警员对他提出拘捕搜查时，他有很明显的拒捕和逃逸的行为，属于不合作，我们可以依据这个多扣他一阵子吧？”

刘队长叹道：“目前也只能这么办了。”

在警局的大门外，有大群闻讯而来的记者在守候，希望可以得到第一手信息，或拍到相关照片。

一辆汽车驶到了警局门口，停在大门前，不断鸣笛，引起众人的注意。

孙仲良走下车，他穿着一件白色衬衫，满身鲜血，高举双手，右手持有一部手机，走向警局。

在场的多名记者，见到一个全身血迹斑斑的人，马上拍照，闪光灯闪个不停。

孙仲良向警局内大叫道："我找陈冬！"

有警员出来查看情况，看到孙仲良现在的样子，马上上前，示意孙仲良止步。

"什么人？你要干什么？"

孙仲良声嘶力竭地吼道："叫陈冬出来！"

警局内的陈冬闻讯赶至，此时场面已经趋于混乱。外面围观的群众越来越多，不少人在用手机拍照。

刘队长、蒋丽欣等人也从警局内出来。看到外面的场面，众人脸上都变了颜色。

有警员拔枪对准孙仲良，但孙仲良不肯放下手机。

有警员看到孙仲良的车的后备厢在往下滴血，就上前小心翼翼地打开。

在看到里面的东西之后，那名警员的眼睛瞪大了，他退了一步，关好后备厢，跑到刘队长身边报告。

刘队长脸色一变，吩咐众人在那辆车周围布置隔离带，随后他走到车边，打开后备厢，里面赫然放着一具血淋淋的尸体……

陈冬走到孙仲良跟前，问："你找我有事？"

孙仲良把手机递向陈冬，陈冬伸手要接。孙仲良突然冲向陈冬，把他拉到自己面前。两人几乎脸贴着脸。

刘队长掏枪："陈冬！小心！这家伙危险！"

孙仲良向陈冬低声耳语道："请帮忙照顾好我妈。"

蒋丽欣和两名警员上前，拉开孙仲良，孙仲良被手铐锁了起来，但是他并没有还手，只是乖乖就范。

陈冬看着自己手上的手机，孙仲良已经把手机解锁，打开了照片库和视频，陈冬连看了几张照片，发现都是连环杀手绑架和残害的受害者，而那些视频都是她们遇害时的录像，陈冬一不留神点开了一个，惨叫声立刻传了出来，陈冬赶紧关掉视频，而周围已经有人注意到了。

刘队长对陈冬说："拿回去再仔细检查！"

孙仲良被关进了拘留所。

陈冬站在拘留所门外，看着厉建峰的背影，疑惑感在心头越积越重。

"经营自己的肉铺，切肉手段很高明。练过街舞，身体的平衡感很好。"蒋丽欣读着孙仲良的档案，对陈冬说："陈哥，这不和你之前判断的凶手特征很接近吗？"

陈冬迟疑了一下，说道："尽管如此，但我还是觉得……有些不自然。他这个时候站出来，是为了什么呢？"

第二十二章　重返现场

大雨过后，雷声乍响，一路泥泞。

陈冬带着蒋丽欣，来到当日连环凶案的现场——染料作坊。

作坊的大门前，警方设置的警戒带在门口挂着，已经有些发旧、残破。陈冬将车停在大门前。

下车时，蒋丽欣想起陶泽在此殉职，一脸黯然。

陈冬说："之所以带你来这里，是因为这里有太多的疑问，我们从头开始过一遍。"

蒋丽欣点头说："陈哥，我听你的。"

陈冬抬起破旧的警戒带，两人一起钻进大门，进入了作坊。

两人走回当日孙静言和崔雨昕被困的现场，检查周遭的物品，但是并没有更多发现。

蒋丽欣拿起一个木桶，里面都是小动物的尸体，上面还有蛆虫在爬动，蒋丽欣一惊，木桶掉在了地上。

陈冬看了蒋丽欣一眼，随后径直走到水塔的空地中央，看着两个空置的铁笼，沉思了起来。

陈冬说：“虽然我们在这里只发现了孙静言的尸体，但我相信其他受害者都是在这里遇害的。”

蒋丽欣点点头。

陈冬指着铁笼说：“丽欣，你能不能帮我个忙，钻到里面去？”

蒋丽欣先是一愣，但马上理解到这是陈冬想要再现现场，于是她拉开铁笼的门，钻了进去。

陈冬问：“有什么感受？”

蒋丽欣说：“被困在铁笼里，从里面向外望，有很大的压迫感。”

她坐在不同的位置，又躺下，又坐起来，却始终没有发现什么特别的地方。

陈冬在铁笼外，看到蒋丽欣在里面的一举一动，随后走到铁笼前的摇椅旁，坐下，摇动摇椅，举头往上望。忽然间，他发现对面墙中间的位置，有块砖头凸了出来。陈冬站起来，一步一步地走近砖头，随后把那砖抽出，里面漆黑一片。陈冬伸手往内里一探，墙后竟然有个小空间。

陈冬和蒋丽欣绕到水塔外面，四处寻找，终于找到进入小空间的暗门。两人打开暗门，用电筒照亮了里面。陈冬找到了刚才自己抽起砖头的地方。

蒋丽欣问：“杀手是不是就在这儿监视受害者？”

陈冬说：“看起来不像，这位置刚好可以看到杀人以及割手的手术台，这起案件中，应该还有一个人，那个人是旁观者。”

在孙记肉铺内，刘队长率领数名警员开始寻找线索。

刘队长从柜台的抽屉内找到了一大沓照片。其中有一张似乎是某场校内举办的篮球比赛，他所在的队伍取胜，孙仲良身穿队服，手拿奖杯，身旁有他的妹妹孙静言，还有厉建峰，他的手搭在孙仲良肩膀上，两人笑容灿烂。

办案又遇到了瓶颈，陈冬请严道森为他分析孙仲良的心理。

陈冬说："厉建峰曾经是孙仲良的高中同学，我们怀疑他们合作杀人。"

严道森说："1985 年，我在美国读研究生的时候，曾经有一宗非常轰动的双连环凶杀案。华裔移民伍智立和一个美国人 Leo Nicks 合谋杀人，警方估计他们杀了 15 至 25 人，当中很多是他们认识的人，而且在受害人中，甚至有他们的亲妹妹。"

陈冬说："眼下这起案件中有一个受害者，是疑犯的妹妹。"

严道森点了点头，接着说："通常，这种双杀手连环杀人案中，有一个反社会型人格的凶手，遇到了一个甘心被其支配的搭档，这两人都是有暴力倾向的。这两人有共同语言，乃至惺惺相惜。"

陈冬问："当时，警方用什么线索破案的？"

严道森说："他们把自己伪装得很好，是因为购买毒品被抓的。警方得到线索，说这两人藏有大量毒品，于是警方赶到二人的家中搜查，伍智立当时趁乱逃走，警方只抓到 Leo Nicks。在审问期间，Leo Nicks 服毒自杀了。"

陈冬问："那伍智立呢？"

严道森苦笑道："后来因为购买毒品被捕，最后被判死刑。"

陈冬问："在这两个人当中，谁是主导者？"

严道森解释道："主导者，通常是求生意志比较强的那个。很多犯罪学家认为，一直潜逃的伍智立是求生意志较强的一个，要不然，他就会像他的搭档一样服毒而死了。"

此时此刻，拘留所内。厉建峰正大摇大摆地走出门口，身后的看守怒容满面，却又无可奈何。

因为有孙仲良的自首，厉建峰被保释出狱。临走时，他看了一眼拘留所的大门，竖起了中指。

拘留所内，孙仲良说自己口渴，有人递了杯水给他，随后离开。

孙仲良流下两行热泪，从鞋底的缝隙里取出藏好的胶囊，然后将胶囊塞进嘴里，就着水一饮而尽。没过多久，他口吐白沫，抽搐着倒在地上。

陈冬的电话响了起来，来电显示是崔雨昕打来的。

陈冬接了电话："喂，小昕？"

厉建峰的声音响起："Hi，陈警官，认得我的声音吗？"

"你？！她的手机怎么会在你手上？！她人呢？！"

厉建峰慢条斯理地说："想不想见你的女朋友们？你马上来，一个人。她们都想知道你更爱谁一些。"

陈冬脸色一沉，辞别了严道森马上离去。

严道森看着陈冬离去的背影，不知道发生了什么事，只是预感要有大事发生。

在一座废弃工厂内，厉建峰用手机给陈冬发了自己的位置，随后，拖着嘴上贴着胶带、手也被胶带绑着的崔雨昕，走到一个铁笼前，拉开铁笼的门，把崔雨昕推到了铁笼中。

铁笼中还有一个人，是惊惶万分的王燕燕。

厉建峰在铁笼外看了两人一下，然后便离开了。

崔雨昕在王燕燕的帮助下解开胶带，她显得比王燕燕冷静一些。

王燕燕满面惧色地问她："你说，他……他会不会杀我们？"

崔雨昕安慰她道："你先冷静下来，咱们会找到出去的办法的。你叫什么名字？"

"王燕燕。"

崔雨昕一怔："是吗……我听过你的名字。"

王燕燕问："那你知道这个人把我们抓来的原因吗？"

崔雨昕说："因为陈冬。这个人要伤害陈冬。"

"你也认识陈冬？"王燕燕还没明白过来。

崔雨昕看到王燕燕头上别着一支发簪，就说："是的，现在没时间说闲话了，出去再说，把你的发簪给我。"

王燕燕便摘下发簪递给崔雨昕，崔雨昕接过发簪，尝试打开铁笼的锁。

王燕燕疑惑地看着。

崔雨昕解释道："之前我被锁过一次，费了老大工夫才把锁给打开，后来我担心再发生这种事，就去请教了一名锁匠师傅，他说，无论看上去多结实的锁，只要懂得把锁内的弹簧片拨到正确的位置，都能打开。我请他传授了一些开锁的技巧给我……"

发簪伸进了锁内，碰撞弹簧片，发出轻微的响声。

在另外一间厂房内，厉建峰打开几个陶瓷罐子，把一种黏稠的液体倒进了一个大桶里，随后又加入了几种药剂，在搅拌之后，大桶内的混合液体立刻散发出刺鼻的味道。

为了保护自己，厉建峰戴上了口罩，他把一只老鼠扔进了大桶里，那只老鼠在尖叫中开始冒烟，随后化成血水。

厉建峰满面喜色地自语道："成了。就等主角了。"

然而，此时崔雨昕已经打开了笼子上的锁，她拉着王燕燕，在工厂中小心前进。

这里到处都是生锈的机器，两人在大大小小的机器间寻找出去的路。厂房内很暗，二人只能摸索着前进，王燕燕突然踏在什么机器的零件之上，锋利的金属边缘把她的脚划伤了，痛得不能再走。

此时厉建峰来到了铁笼前，看到二人逃走，马上转身走开，寻找二人踪迹。

崔雨昕想扶王燕燕起来，但扶了几次没成功。

她低声说："燕燕，你要忍住，咱们得快点儿离开这里。"

王燕燕试了几次，但实在是脚痛难行："我……我不行了。"

她听到了脚步声，判断是厉建峰快要到了，便催促崔雨昕离开。

崔雨昕一脸为难。

然而此时，厉建峰赶到了，他见王燕燕一人在地上挣扎爬行，便抓起王燕燕的脚，向里面拖，要把她带走。躲在一旁的崔雨昕，表情复杂，她不知应该独自逃走，还是……

王燕燕在挣扎中踹倒了厉建峰，厉建峰恼羞成怒，开始折磨王燕燕。

崔雨昕豁出去了，她从身旁摸到了一把扳手，便冲了出去，向厉建峰猛砸……

第二十三章　残忍的游戏

陈冬赶到了废弃工厂，但他不知该从哪边开始找。

突然传来一阵打击金属的声音，好像在引导陈冬前进的方向。

陈冬跟随声音，走到一处空旷的地方。

只见空地中，一根长长的金属杆被架在一个铁架子上，形成了一个简单的天秤。崔雨昕与王燕燕被倒吊在天秤的两端，两人身下都有一大桶液体，液体咕嘟着，还在冒烟。

厉建峰从天秤后面转了出来，用手枪指着陈冬。

厉建峰说："陈警官，你会先救哪个呢？无论你要救哪个，另外的一个，就要掉在那酸液里，瞬间尸骨无存。除了我之外，她们两个都想知道，你爱哪个更多一些。"

陈冬看看两个被吊的女人，不知所措。

"这是你和我之间的事吧？为什么要把无辜的人牵扯进来？"陈冬愤怒地说，"你要有种，就来找我算账，把她们两个放了。我愿意用我自己来换她们两个。”

厉建峰嗤笑道：“哟，你配吗？这两个女人如何为你付出来着，你知道吗？自己弄得一团糟，就把王燕燕丢下了；其实你不是为她好，你只是不想负责任。崔雨昕帮你从困境里站起来，你就陪着她，可你心里还在想着王燕燕。你看你，多么残忍。”

王燕燕和崔雨昕都失望地望着陈冬。

陈冬大声说：“你杀人就不残忍了吗？”

厉建峰冷笑道：“你也配来问我？我爱一个人，就只会爱她一个。谁伤害她，我一定会替她报仇。”

陈冬说：“这事与她们无关，你害死她们任何一个，对她们都不公平。”

厉建峰激动地说：“公平？！这世界从来都不公平。你的女同事打烂了我的脸，你还害得我从山坡摔下去，严重骨折。我去治伤，也只不过是离开了半年而已，那个人……竟然已经喜欢上了另一个人……她是不是该死？”

陈冬趁厉建峰激动之际，突然发难，冲过去把他扑倒。两人在地上扭成一团，陈冬把厉建峰手中的枪打掉。厉建峰奋力挣扎，但陈冬此次有备而来，携带了电击器，将对方击晕。

陈冬把厉建峰困在一旁的铁笼内，锁好了门。

接着他来到天秤前，想办法怎么解救这两个女孩。他看到天秤两边，无论先救哪边，另一边便会往下落。

此时，他见到一旁有辆破烂的手推车，灵机一动，拉过手推车来，顶着崔雨昕的一端。

随后他走到王燕燕的那一端，放下王燕燕，把她安置到安全的地方。

天秤的一端空了，另一端就马上下沉。虽然有手推车顶着，但因为手推车已经多年锈蚀，不够结实，随时都有散架的危险。陈冬见情况危急，马上走回天秤前，放下崔雨昕。

因为天秤一边的重量已经失去，天秤的平衡不容易掌握，在放下崔雨昕时，崔雨昕险些掉到身下的酸性液体里。幸好陈冬及时伸手把崔雨昕拉住，托到了地面上。

脱离险境，但崔雨昕觉得在陈冬心中，王燕燕的地位更为重要，因此心里很难受。

陈冬救了两个女孩，松了一口气，随后走到铁笼边一看，却发现铁笼空了……

在厉建峰的家中，多名警员正在细心地搜查证据。这时候，一位快递员赶到，把一个包裹送进来。蒋丽欣上前问道："这是什么东西？"

快递员回答："不知道。"

蒋丽欣见上面写着两个龙飞凤舞的大字："退稿"。随后她又发现一个大文件袋，打开一看，是由出版社退回的书稿。上面附了编辑的退稿信。

"抱歉……这份稿件的内容并不适合出版……"

好奇的蒋丽欣开始阅读书稿的内容。

"我在人生低潮时，遇到 H，H 给我生命的意义，使我疯狂倾慕 H。然而，H 拥有病态的善妒心。我为了讨好 H，捉来一个又一个让 H 嫉妒的人，把她们虐杀掉，让 H 当观众，让 H 开心……H

告诉我，最喜欢看着垂死的猎物重燃希望，最后却又要在绝望中被杀。（*Fate Zero* 中，Caster 说过一句话——看着那些人获取了新希望之后满怀欣喜地扑向新生，却又立刻被揪回到彻底的绝望中，才能品尝到至高的美味。）这是我参与的这个游戏中，最具魅力的一部分。只可惜，无论我做了什么，即便离经叛道，为天地所不容，也留不住 H。H 的心被人抢走了！可是，我仍甘心当一个奴隶，被爱驱使的奴隶，我要让全世界知道，我对 H 是至死不渝的……”

废弃工厂内，陈冬和崔雨昕扶着受了脚伤的王燕燕，在迂回曲折的通道中艰难前进。

突然有液体从上面泼了下来。崔雨昕与王燕燕同时惊呼。

陈冬及时推着她俩避开。那些液体溅到地上，竟然吱吱作响，还有白烟冒出。

陈冬举枪瞄准头顶，然而没有发现目标。等了一阵儿，三人正要再次前进。突然，又有液体从另一侧泼了下来！三人快速避开。

陈冬准备上去收拾对手，厉建峰突然从黑暗中窜了出来，袭击陈冬……陈冬与厉建峰再次纠缠在了一起。

厉建峰压在陈冬身上，手中高举利刃，要刺向陈冬。陈冬奋力对抗，把利刃慢慢推开。

一旁的崔雨昕见陈冬危险，就一脚踹向厉建峰。厉建峰背后中了一脚，身子一歪，陈冬趁机走开。厉建峰回身，见是崔雨昕踹他，怒火中烧，逼向崔雨昕。

王燕燕见到身旁有桶浓稠的液体，也不知道是什么，就端起来，向厉建峰泼了过去。厉建峰正盯着崔雨昕，并不知有东西向自己泼了过来。直到那些液体沾到了他的皮肤，厉建峰才惊觉，但是已经太迟了……他在惨叫声中被液体所吞噬，整个人倒在了地上……

第二十四章　真相，未必唯一

在医院花园中，胡先生坐在轮椅上，胡太太在后面推着他。严道森陪在他们身边。

胡先生开口道：“厉建峰和孙仲良……真的都已经死了吗？”

严道森点头道：“是的，陈警官托我告诉你们的，叫你们安心。”

胡先生对胡太太说：“老婆，我想喝杯水。”

胡太太进屋去取水。

胡先生握着严道森的手说：“多谢您了，也多谢陈警官。”

严道森一摆手：“其实，我们能够做到的，实在太少了。”

胡先生说：“可是……我总觉得孙仲良不像会杀人的。”

严道森说：“是你观察的结果？”

胡先生说：“是啊，那次他看到我太太在哭的时候，脸上带着怜悯的表情；他看着崔小姐时，眼神也非常温柔。我看他心中没有愤怒，他也没有动机去杀人呀。”

严道森若有所思。

胡先生说："这只是我这门外汉的感觉。其实，你们这些专家，什么都看得一清二楚。"

严道森的手机一响，原来是收到了一条微信。

严道森说："是陈冬发来的，他祝我一路顺风，还说会找个日子来探望你们。"

朗朗清日，烈士陵园，陶泽的墓前。

陈冬在陶泽的墓碑前放下一束白花。蒋丽欣看着墓碑，神色黯然。

陈冬收到严道森回复的微信："临别赠言——感情要果断，二选一，莫拖延。"

陈冬陷入了沉思。

在崔雨昕家的门前，陈冬踌躇了片刻，上前敲门。他手里捧着一个礼盒，礼盒里是他买来的香水。

崔雨昕的家中无人，陈冬翻开地毯，找到了钥匙，开了门锁。

陈冬把香水放到桌上，又在香水瓶下留了张字条，他在字条上写的是："小昕，对不起，我觉得咱们俩还是……"

陈冬停笔放下字条，想了一会儿，又把字条撕了。有些事儿，还是面谈的好。他决定在厅中等候崔雨昕。

他望着她放在客厅中的各款相框，其中有她童年时穿着牛仔女套装的照片。陈冬把照片拿了起来，细看崔雨昕童年时的样子，那一张张面孔，在他眼中特别清晰。他不禁微笑起来。

此时此刻，在警局内，鉴定科的人正在向刘队长报告。

“队长，化验结果出来了，当天放在王燕燕身下的化学品是浓度极高的硫酸，但放在崔雨昕身下的，只是食用的白醋。”

“白醋？”刘队长觉得奇怪，“陈冬的报告说，那两桶东西，当时都在冒泡冒烟。”

“是这样的，白醋的沸点很低，很容易就会冒泡、冒烟。”

而在曹若萱家中，蒋丽欣把早前借用的相册交还给曹母。曹母哭着接过相册，手一抖，相册落地，一张照片从相册中掉了出来。那是曹若萱小时候的照片，照片中的她穿了一套牛仔服套装。蒋丽欣感到照片中的套装似曾相识。

与此同时，在崔雨昕家中，陈冬正在翻看崔雨昕的照片，其中有一张是一个小女孩，穿了件牛仔服套装，相对于女孩的身材，套装有些大，很不合身的感觉。

陈冬细看照片之后，心下一沉，随后拨通了蒋丽欣的电话。

电话那头，蒋丽欣急急忙忙地说：“陈哥，我正好有事儿要找你。重大发现！”

打完电话之后，蒋丽欣问曹母：“阿姨，若萱的衣服，是不是她爸爸在外国订购的？”

曹母说：“是啊。我老公就这一个女儿，当然宠得很，每次到国外看到有好衣服，就会给她买回来。”

蒋丽欣问：“每套衣服都只买一套？”

曹母感到奇怪：“你为什么这么问我？”

蒋丽欣答道：“阿姨，请别怪我唐突。你先生真的只有若萱这一个女儿吗？”

曹母的脸上罩上了一层怒色：“这是我们的家事，外人不用知道！”

在城里的某个咖啡厅内，崔雨昕邀请王燕燕喝咖啡。

崔雨昕友善地向王燕燕斟了杯咖啡。王燕燕礼貌地喝了一口。

崔雨昕盯着王燕燕的眼睛，说：“陈冬仍然很喜欢你。你知道吗？我感觉他想回到你身边。”

王燕燕一脸尴尬地喝着咖啡。

喝了一口之后，她把咖啡杯放到桌上，说：“在这方面，我是无心伤害你的。”

崔雨昕说：“我也无心伤害你。”

王燕燕突然感到有点晕眩。

崔雨昕冷冷地望着桌上的咖啡，取出一个瓶子，把剩下的咖啡倒在里面。

她慢慢地说：“所有惹我生气的人，都不应有好下场。”

然后走到王燕燕身旁，扶王燕燕起来。外面停着一辆车，她把王燕燕扶进了车里。

王燕燕此时已经昏昏欲睡，崔雨昕凑到她耳边说：“是你，令陈冬伤害我，你还害死了厉建峰。你要付出代价。”

蒋丽欣在跟刘队长用电话通报最新情况。

刘队长在电话里说："小蒋，你想的没错。根据最新情报，崔雨昕与曹若萱是同父异母的姊妹。而且，连环杀手所有的受害者，都是跟崔雨昕认识的。第一号死者，是崔雨昕的小学校友，曾经欺负过她。第二号死者，是崔雨昕在学校的奖学金竞争对手，也是厉建峰的校友。第三号死者，在某场市级大学生比赛中曾经胜了崔雨昕。总之，所有死者都有令崔雨昕不高兴的原因。"

陈冬接到了蒋丽欣的电话。

蒋丽欣说："陈哥，原来崔雨昕和厉建峰才是一对儿！"

陈冬沉重地说："帮我查查燕燕手机的定位！我之前收到她的微信，说崔雨昕邀请她去喝咖啡了，之后我就联系不到她了！"

崔雨昕将王燕燕带回到了之前的废弃工厂，她把大量的铁线绑在王燕燕身上，就好像在替木偶装置铁丝支架。

崔雨昕喃喃道："之前，我要厉建峰杀谁，他就杀谁。他这样忠心，我不能让警方抓他，一定要找那个孙仲良当替死鬼，既然他喜欢我，就最容易不过。我了解他最怕什么，所以用他妈妈的性命来要挟，要他把所有的罪名都揽到自己身上。"

被绑的王燕燕，因为铁丝嵌入皮肉而疼得哭了起来。

崔雨昕拍拍她的脸，说："现在我懂了，厉建峰才是最值得我爱的。即使他治完伤回来后，发现我跟陈冬在一起了，他也一点儿都不恼我，说只要陈冬能证明比他更爱我，他就心甘情愿地放手；但你竟杀了我的厉建峰，还让陈冬伤害我。待会儿，我要你感受一下，被你所爱的人伤害的滋味。”

陈冬驾车到达了工厂外，蒋丽欣也驾车赶到。

两人一起进入工厂，却看到前方不远处，竖起了一道幕布。在布幕后有光源，布幕前显示出两个女生的身影。一个站着，一个坐着。

陈冬脑中闪过皮影戏和剪影艺人的形象。

此时那站着的女生举起刀，正要向坐着的女生当头劈下。

蒋丽欣一惊，马上拔枪，要射击举刀的女生。陈冬却看出不妥当的地方——他隐若见到有铁线的反光。陈冬马上把蒋丽欣开枪的手一推。枪声响起，子弹碰巧射断了挂着幕布的绳子。幕布掉了下来，只见王燕燕站在座椅前，被铁丝绑着，固定成举刀要往下砍的姿势。坐在她面前椅子上的是崔雨昕。

崔雨昕见事败，恼羞成怒，拾起地上的刀，要劈杀王燕燕。陈冬忙跑上前阻挡崔雨昕的劈杀。刀要劈到陈冬身上时，崔雨昕犹豫了一下，刀刃擦着陈冬的脸划过。

在一旁的蒋丽欣，想开枪射击，但因为陈冬与崔雨昕二人距离太近，她怕伤到陈冬，没敢开枪。崔雨昕作势劈了几下，陈冬都避开了，并顺手拉起王燕燕。崔雨昕见陈冬护着王燕燕，怒从心起，下手不再留情。有几刀险些伤到陈冬的要害。陈冬见崔雨昕已经失控，伸脚一绊，崔雨昕跌倒在地，她拿着刀还想再爬起来伤人。蒋丽欣趁机开枪。崔雨昕浑身一震，刀子落地。

陈冬上前检查崔雨昕的伤势，崔雨昕的胸前淌着血，她的呼吸也困难了起来，但眼神中却仍充满仇恨。

崔雨昕忽然一把抓住陈冬的衣领，说："看着我这张脸，看着我！"

那边的王燕燕因为被铁丝划伤了皮肉，哭泣了起来。陈冬扭头向她那边看去，崔雨昕怒火攻心，忽然喘不过气来……

当陈冬再回头看崔雨昕的时候，她已经没了呼吸，只是死不瞑目。

在陈冬的视野里，崔雨昕的五官渐渐溶化，最后变得脸目模糊……

陈冬黯然……

在严道森的办公室内，陈冬又接受了一次心理辅导。这次是王燕燕在一旁陪伴。

在心理辅导开始之前，陈冬问了严道森两个问题："为什么崔雨昕会任凭同伴把自己关在铁笼里？还要跟其他被关押的人一起套近乎？"

"做个粗俗的比喻，就像猫杀耗子之前要先玩一阵子。"严道森说，"不过，她们的情况更为特别，崔雨昕喜欢近距离观察受害者，并体会玩弄她们的感觉。尤其在获取她们信任，再突然施以杀手的时候，被害者甚至会瞬间崩溃，这时候她就会认为自己获得了至高无上的感觉。"

"变态。"王燕燕忍不住说道。

严道森对陈冬说："我和警方签了顾问协议和保密协议，关于这次案情的事情我不会对外透露半句，也不会留下任何记录性质的资料。"

陈冬说："那我的病，您认为……"

严道森说："你现在的脸盲症，会在崔雨昕案结束之后，经过一段时间，慢慢恢复。现在，你能看清我的脸吗？"

他说这句话的时候，口气十分认真。

陈冬望着严道森，严道森的脸依然是一片模糊。陈冬摇头。

严道森轻轻叹气："看来，可能比我想的要久一些……"

陈冬向王燕燕伸出手："但是，我能看清她的了。"

王燕燕也向陈冬伸出手，两人的手十指相扣，紧紧握在了一起。

图书在版编目（CIP）数据

犯罪心理拼图／刘栋著. —北京：中国工人出版社，2017.1
ISBN 978-7-5008-6615-2

Ⅰ.①犯… Ⅱ.①刘… Ⅲ.①长篇小说—中国—当代 Ⅳ.①I247.5

中国版本图书馆CIP数据核字（2017）第013879号

犯罪心理拼图

出 版 人	芮宗金
责任编辑	左 鹏
责任校对	董春娜
责任印制	黄 丽
出版发行	中国工人出版社
地 址	北京市东城区鼓楼外大街45号 邮编：100120
网 址	http://www.wp-china.com
电 话	（010）62005043（总编室） （010）62005039（出版物流部） （010）62379038（社科文艺分社）
发行热线	（010）62005049 （010）62005042（传真）
经 销	各地书店
印 刷	三河市东方印刷有限公司
开 本	880毫米×1230毫米 1/32
印 张	8.75
字 数	200千字
版 次	2017年5月第1版 2018年11月第2次印刷
定 价	35.00元

本书如有破损、缺页、装订错误，请与本社出版物流部联系更换